KB095007

가슴 뛰는 삶

가슴 뛰는 삶

개정판

좋은땅

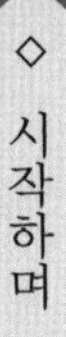

시작하며

저는 현재 삼성서울병원에서 내과 주치의로 일을 하고 있습니다. 중환자실, 응급실, 병동을 오가며 절망과 마주하고 있는 사람들에게 조금이라도 힘이 되고자 노력하고 있습니다. 식사를 거르고 잠을 못 자는 경우가 허다하며, 체력적으로나 정신적으로 힘들 때도 많습니다. 이 모든 것을 그만두고 싶다는 생각이 들 때도 있고, 죽고 싶다는 생각이 들 때도 있습니다. 그래도 돌이켜 보면, 이 힘든 병원 생활을 포기하지 않고 끝까지 해 올 수 있었던 것은, 나와 함께 고생하고 있는 동료들이 있기 때문이 아닐까 하는 생각이 듭니다. '힘내라.'라는 교수님의 한마디보다도 나와 같이 고생하고 있는 동료들의 '힘내자.'라는 한마디가 더 힘이 될 때가 많습니다.

위대한 사람들은 너무나도 많습니다. 세종대왕, 이순신 장군 같은 위인들을 비롯하여, 지금 현재에도 청춘들의 멘토가 되어 줄 수 있는 훌륭한 분들이 많이 있습니다. 위안을 줄 수 있는 수많은 책들이 있으며, 강연회, SNS를 통해서도 그분들의 이야기를 들을 수 있습니다. 그러나 지금 우리 청춘들에게 진정으로 필요한 것은 모든 어려움을 딛고 성취를 이루어 낸 그런 분들의 한마디가 아니라 내일에 대한 막연한 희망을 가지고 일선에서 같이 고군분투하고 있는 동료들의 '힘내자.'라는 한마디가 아닐까 하는 생각이 듭니다. 마치 지금 제가 제 동료들에게 힘을 얻고 있는 것처럼…….

그 한마디가 너무나도 그리웠었기에…….

책을 써 본 경험도 없고, 흔히 말하는 화려한 필력도 없지만, 그래도 우리 같이 '힘내자.'라는 한마디를 전하기 위해 이 책을 쓰게 되었습니다.

저 또한 흔히 말하는 흙수저로 태어나 늘 세상과 싸우며 살아가고 있습니다. 내일은 다르겠지, 그래도 오늘보다 조금은 나아지겠지 하는 막연한 희망을 가지고 하루하루 노력해 왔고, 덕분에 여러 가지 소중한 경험들을 할 수 있게 되었습니다. 흙수저였기에 가능했던 그 소중한 경험들을 여러분들과 공유하고 조금이라도 힘이 되어 보고자 하는 마음에 오늘도 글을 쓰고 있습니다.

이 책에는 봉제 공장 시다공으로 일하던 저의 어린 시절부터, 부산과학고, 공군사관학교, 일본 사관학교, 서울대 의대, 공군 조종사 강사, 조종사 선발 신검과장, 성균관대 로스쿨 합격, 국군수도병원, 삼성병원 내과, 메르스 사태에 이르기까지 제가 겪은 소중한 경험들을 담았습니다. 특히 메르스 사태는 국민들 모두에게 좋지 않은 기억이기 때문에 마지막까지 실을지 말지 고민했었습니다. 그러나 그것 또한 제 삶의 중요한 일부분이고 사람들과 나누고 싶은 이야기가 많기에 고민 끝에 같이 싣기로 하였습니다. 추측과 판단은 자제하였고 제가 겪은 사실만을 기록하였으며 민감한 문제들도 있을 수 있기에 타인보다는 제 이야기에 집중하여 모든 내용을 기술하였습니다.

경험을 통해 배운 삶의 소중한 교훈들을 혼신의 힘을 다해 엮어 보려 노력했습니다. 이 책이 7포 세대라 불리는 이 땅의 청춘들에게 조금이라도 힘과 위안이 될 수 있었으면 좋겠습니다. 제 경험이 타산지석이 되어 여러분들의 시행착오를 조금이라도 줄일 수 있는 데 기여할 수 있었으면 좋겠습니다. 저는 제 자신의 불안정함으로 인해 많은 사람들에게 상처를 주었고, 그런 기억들이 또 다시 제게 상처로 남아 가슴을 아프게 할 때가 많습니다. 여러분들은 저와 같지 않기를 바라는 마음으로 제 경험 속의 후회와 미련까지도 솔직히 이 책에 담아 보려 노력했습니다.

항상 '왜?'라는 질문과 원망이 제 삶과 함께했습니다.

'왜 나는 흙수저로 태어난 것일까? 왜 나는 평생 고생만 해야 하는 것일까? 왜 이런 일은 나에게만 오는 것일까?'

그러나 책을 쓰면서 제 삶을 차근차근 되돌아보니 '왜?'라고 생각했던 많은 이벤트들이 결국 제 삶을 더욱 풍요롭게 해 주고 있었다는 것을 깨달을 수 있었습니다. 그리고 조금씩 제 자신을 성장시켜 어제와 다른 나를 만들어 주고 있었습니다.

지금도 저는 바쁘게 살아가고 있습니다. 힘들지만 가슴 뛰는 삶을 살기 위해 노력하고 있고, 단 한순간도 지루한 적이 없는 영화 같은 삶, 다른 누군가에게 보여 주기 위한 삶이 아닌 내 스스로가 행복한 삶을 살기 위해 노력하고 있습니다. 앞으로도 더 험난한 싸움이 저를 기다리고 있을 것이라 예상되지만 그래도 용기를 내어 한 걸음 한 걸음 당당히 나아가 보려 합니다. 제가 흙수저이기 때문이 아니라, 제 스스로가 성장하는 삶 그리고 다채로운 경험들로 풍요로운 삶을 갈망하고 있기 때문입니다.

미천한 경험들을 책으로 정리하면서 스스로의 부족함을 여러 번 통감하게 되었고 출판을 여러 번 망설이기도 했습니다. 그래도 이 책이 누군가의 인생에 조금이라도 긍정적인 영향을 끼칠 수 있다면 그것으로 충분하다는 결론에 이르러 용기를 내어 보려 합니다.

이 책이 부디 힘들어하는 많은 사람들에게 조금이나마 위안이 될 수 있었으면 좋겠습니다.

◇ 목차

리더를 꿈꾸며 공군사관학교로

일본 사관학교 입학
그리고 국가대표라는 자부심

조종사 선발 신검센터

삼성서울병원 내과 의사로서, 다시 시작

흙수저
그리고
지독한 가난

봉제 공장 시다공, 해니

가난하게 태어난 것은 당신의 실수가 아니다.
그러나 죽을 때도 가난한 것은 당신의 실수다.
- 빌 게이츠

'금수저' '흙수저'라는 말이 어느덧 우리 사회의 유행어가 되어 버렸다. '흙수저'로 태어난 것을 부끄러워하며 사람들에게 숨겨야 하는 시대가 도래했고, 치열한 경쟁 속에서도 수월하게 자신의 길을 갈 수 있을 것 같은 '금수저'를 막연히 부러워하는 세태가 펼쳐지고 있다. 정의롭고 평등한 경쟁이 아니라 출발선이 다른 불공정한 경쟁이 만연해 가고 있고, 기회의 평등은 먼 나라 이야기처럼 느껴지곤 한다.

나 또한 소위 말하는 '흙수저'로 태어났기에, 지금의 세태를 고려하면 내 어린 시절의 이야기는 가슴 깊이 숨겨 두는 것이 유리하겠지만, 그래도 지난 소중한 추억과 시간들을 '흙수저'라는 말도 안 되는 단어들로 부정하는 과오를 저지르고 싶지 않기에 솔직히 이야기를 시작해 보려 한다.

어린 시절을 생각하면 지독한 가난의 기억들이 주섬주섬 떠올라 내 가슴을 시리게 할 때가 있다. 그 시린 느낌이 싫어서 아예 과거를 잊고 살아가려 할 때도 있고, 좋은 기억으로 전치시켜 애써 미화하려 할 때도 있다. 나는 부산에서 태어났지만, 경북 청도군 금곡(아버지 말씀으로는 금곡은 너무 산골짜기라 6·25 때 전쟁도 일어나지 않았다고 한다)에서 할머니와 함께 자랐다. 그 당시 우리 부모님께서는 조그마한 봉제 공장을 하셨는데, 일이 바쁘다 보니 초등학교 들어가기 전까지 부모님과 떨어져, 동생과 함께 시골 할머니의 손에서 자라는 시간이 많았다. 솔직히 봉제 공장이라고 하기도 부끄러운 것이, 월세로 얻은 점포에 미싱 4대가 전부였고 공장 직원도 부모님, 아주머니 세 분이 전부였다. 조그마한 점포 하나, 거기에 딸린 방 한 칸……. 그것이 바로 우리의 공장이자 집이었다. 그런데도 그 조그만 공장이 왜 그렇게 바빴는지, 우리 가족은 어쩔 수 없이 생이별을 해야 하는 순간이 많았다.

내가 초등학교에 들어가면서부터 우리 가족은 부산에서 같이 살 수가 있었다. 같이 살게 되면서부터는 매일 부모님과 함께하며 여느 가정과 다름없는 일상적인 행복을 누릴 수 있었지만, 사실 새롭게 부여받은 '임무'들이 어린 동생과 나를 많이 힘들게 했다. 그 임무는 바로 방과 후에 의무적으로 해야만 했던 봉제 공장 시다공으로서의 일이었는데, 부모님과 함께 살 수 있는 그 당연한 행복을 누리기 위해 어린 동생과 내가 치러야 했던 대가치고는 매우 가혹한 것이기는 했다.

와이셔츠 소매나 칼라를 자세히 보면, 천 몇 장이 겹쳐져 있고, 그 위에 촘촘한 박음질이 되어 있는 것을 볼 수 있을 것이다. 나와 내 동생이 시다공으로서 했던 일은 미싱을 하시는 어머니나 아주머니 옆에 앉아서 천을 박음질하기 좋게 포개서 미싱 속도에 맞추어 계속 올려 주는 일이었다. 효율적으로 미싱이 돌아갈 수 있도록 계속해서 천을 정리하여 올려놓았고, 박음질한 것들이 실로 연결되어 나오면 그것을 공업용 칼로 끊고 겉면과 속면을 뒤집은 다음, 다시 박음질할 수 있도록 올려 주는 역할을 했다. 학교를 마치면 나와 여동생은 매일 봉제 공장으로 불려 와서 각각 미싱 옆에 앉아 저녁 늦도록 그 지겨운 일들을 계속해야 했다. 그래도 부모님과 함께 있을 수 있어 다행이라고 서로를 위로하며 하루도 빠짐없이 그 일들을 계속해 나갔다. 당시 공장 아주머니들은 나를 부를 때 항상 '봉제 공장 시다공 해니'라고 불렀는데, 경상도 사투리로 '현이'를 '해니'라고 부르니 '해니'라는 별명은 이해가 갔지만, 시다공의 뜻은 그때도 지금도 잘 이해가 가지 않는다. 그냥 사람들이 '봉제 공장 시다공 해니'라고 불렀고, 어렸을 적 나는 그렇게 불리는 것을 매우 싫어했던 것으로 기억한다. 한 번씩 친구들과 학교 앞을 지나갈 때면, 문구점 아저씨가 가끔 큰 소리로 '시다공 해니' 또는 '김봉제'라고 부르며, 어린 나에게 "요즘 봉제 공장 경기는 어떠냐?" 하는 실없는 질문을 던지시곤 하셨는데, 나는 그게 싫어서 그 아저씨가 있는 문방구는 늘 뛰어서 지나가곤 했다.

사실 동생과 내가 수행했던 일은 단순 작업의 반복이었지만, 한시도 긴장을 늦출 수가 없었다. 왜냐하면 만약 우리가 각 천을 한 장씩 포개서 올리지 않고 딴 생각을 하다가 여러 장을 포개서 올려 버리거나 하면 두께 때문에 미싱이 잘 나가지 않게 되고, 그러면 원래의 속도에 맞추려고 어머니가 손을 무리하게 넣다가 바늘에 손이 집히는 일이 종종 발생했기 때문이다. 아직 어리다 보니 업무 시간이 오래될수록 집중력이 떨어질 때가 많았고, 어머니는 여러 번 우리 때문에 손을 다치시곤 했다. 그럴 때마다 어머니는 아무렇지 않은 듯 미싱 옆에 준비해 놓은 대일밴드를 붙이고 금방 일을 다시 시작하곤 하셨는데, 그런 어머니를 쳐다보고 있는 것만으로도 가슴이 아파서 그날은 하루 종일 아무것도 할 수 없었던 기억이 난다. 아이가 미안해할까 봐 아픈 척할 수 없었던 어머니와 눈물 흘리는 것 말고는 아무것도 할 수 없었던 무력한 아이의 모습이 문득문득 떠오를 때면 지금도 가슴을 짓누르는 듯한 답답한 느낌이 들 때가 있다.

학교 수업이 끝나면 늘 미싱 옆에서 저녁 9시 정도까지 일을 계속하였는데, 초등학생인 우리들이 감당하기에는 참 지겹고 힘든 일이었다. 그때 우리는 아직 어린아이였기 때문에 학교가 끝나면 친구들과 놀고 싶은 마음이 굴뚝같았지만, 동생과 나에게는 그 당연한 것들이 허락되지 않았다. 모두가 주말이 오기를 기다렸지만, 나와 내 동생은 토요일이 오는 것이 싫었다. 왜냐하면 토요일은 학교에서 오전 수업만 했기 때문에 오후 내내 공장에서 시다공의 임무를 다해야 했기 때문이다.

그 당시는 우리나라 섬유 공장들이 싼 임금을 기반으로 하는 중국으로 이전을 하고 있는 시기였다. 섬유 공장은 분명 하향 산업이었음에도 불구하고, 부모님은 무던히도 그 일을 계속해 나갔다. 하면 할수록 적자라는 것은 알고 계셨지만, 그럴수록 더 열심히 하면 된다는 생각이 악순환을 거듭하게 했고, 죽을힘을 다해 노력하셨지만 형편은 조금도 나아지는 것이 없었다. 초등학생의 어린 마음에도 '왜 우리 부모님은 저런 희망도 없는 일을 계속하고 계시는 걸까?' 하고 여러 번 의문을 가졌던 것 같다. 아무리 자식이라고 해도 부모님의 상황을 온전히 이해하는 것은 불가능하다는 것은 알고 있었지만, 그래도 꽤 오랫동안 내 마음 속에 의문으로 자리 잡았던 것 같다. 지금도 그 답을 찾지는 못했지만, 나이가 들어 가장이 되고 삶을 조금씩 알아 가면서, 어쩌면 우리 부모님은 가족 때문에 멈출 수가 없었던 것은 아닐까 하는 막연한 생각을 해 보기도 한다.

'할 줄 아는 게 봉제 공장 하나뿐인데, 이 일마저 그만두게 되면 우리 가족은 어떻게 살아갈까……?'

결국 내가 고등학생이었을 무렵 부모님은 봉제 공장을 그만두셨고, 지금도 가족들이 모이면 그 일을 회상하며 '그때라도 그만두어서 다행이다.'라는 농담을 하곤 한다.

시작하는 도전 정신도 필요하지만 때로는 물러서야 할 때 과감히 물러설 줄 아는 용기도 필요하다. 잘나갔던 한때의 기억들이 오히려 부질없는 희망이 되어 우리를 더 고통스럽게 만들 때가 있다. 지금 하고 있는 일을 열심히 하면 할수록 그 일은 나에게 더 소중하게 느껴지며 어느덧 내 삶의 전부가 되어 버리고 만다. 우리의 가능성은 무한히 펼쳐져 있고 더 많은 경험들이 필요함을 이성적으로는 알고 있지만 지금 내가 집중하고 있는 이 일들이 어느덧 우리 시야를 좁게 만들어 다른 도전을 어렵게 만들어 버린다. 좀 더 유연하게 자신을 보다 멀리서 바라볼 수 있는 여유가 필요하지만 바쁜 일상들이 우리를 앞만 보고 달려가는 코뿔소처럼 편협한 사고에 갇혀 버리게 하고 지금 내 앞에 있는 것이 전부인 양 착각하게 만들어 버린다. 자신이 하고 있는 일이 전문적인 일일수록, 자기가 좋아하는 일일수록, 오랫동안 해 온 일일수록, 더 우리의 시야를 좁게 만들고 이것이 아니면 안 된다는 그릇된 확신을 심어 주게 되는 것이다.

"내가 책임져야 할 가족들이 있을 때에도, 나는 과감히 내 생계와 같은 그 일을 그만둘 수 있을까……?"

아마도 이 사회의 모든 가장들이 고민하고 있는 문제가 아닐까 싶다. 그래도 도전할 수 있는 용기만큼 물러설 줄 아는 용기도 필요함을 항상 염두에 두고 앞으로의 선택에 임해야겠다는 다짐을 해 본다.

지금 아버지는 병원 경비 일을 하고 계신다. 어머니는 요양보호사로서 노인 주간보호소에서 봉사를 하고 계신다. 아버지는 지금도 일을 할 수 있어서 행복하다고 말씀하신다. 어머니는 우리 자식들이 이렇게 잘되었으니 그 은혜를 갚기 위해서라도 더 열심히 사회에 봉사해야 한다고 말씀하신다.

늘 부지런하고 바르고 진실 된 삶을 사셨던 우리 부모님…….

이 책을 빌려 다시 한번 진심으로 존경한다고, 또 사랑한다고 말씀을 드리고 싶다.

공부와 행복의 상관관계

공부에 노력할 때는 느리지도 급하지도 않게 하라.
공부는 죽은 후에나 끝나는 것이니 급하게 그 효과를 구하지 마라.
- 율곡 이이

"돈으로 행복을 살 수 없지만, 돈이 없으면 불행해질 수는 있다."

나는 이 말에 전적으로 동의한다. 왜냐하면 그때 우리 가족은 가난에 의해 생존이 보장되지 않은 상태였기에 항상 불안했었고 싸움이 끊이지 않았기 때문이다. 아마도 우리 집안 싸움의 90% 이상은 돈 문제 때문이었고, 한 번씩 시골에 가서 어른들이나 친척들을 만날 때도 마찬가지였다.

"네가 그때 집안의 재산을 다 탕진해서 우리 집안 꼴이 이렇게 됐잖아."

"그때 네가 그것만 안 했어도!"

이 말은 우리 가족 모임 때 빠지지 않고 나오는 단골 대사였고, 할아버지, 할머니, 삼촌, 고모 할 것 없이 모두 '돈' 하나 때문에 고성이 오가곤 했다. 특히 설날 같은 대명절은 그동안 열심히 갈고 닦은 전투력을 가족들에게 발휘할 수 있는 절호의 기회나 다름이 없었다. 어른들은 수십 년

전의 기억까지 떠올리며 고성과 폭력을 나누었다. 이제 동생과 나도 적응할 때도 되었지만, 가족들이 싸울 때마다 가슴이 콩닥콩닥 빨리 뛰는 것은 좀처럼 적응이 되지 않았다. 동생은 그 분위기가 무서워 자주 내 품에 안겨 울었고 나 또한 그 상황만큼은 시간이 지나도 적응이 되지 않았다. 그러나 어느덧 나에게도 방어기제가 생겼는지, 그렇게 어른들의 싸움이 끊이지 않을 때마다 조용히 방 한구석에서 말도 안 되는 상상을 하며 콩닥거리는 내 가슴을 진정시키곤 했다. 내가 나중에 성공해서 돈을 많이 번 다음 10억 정도가 든 가방을 마당에 툭 던져 놓고, "이제 당신들이 그렇게 바라는 돈이 여기 있으니 이제 그만 좀 싸우시오. 이제 지겹지도 않소!"라며 큰소리치는 기분 좋은 상상을…….

물론 지금도 10억은 없고, 싸움은 계속되고 있는 것이 현실이다.

정말 웃을 일 하나 없는 날들의 연속이었지만 그래도 우리 가족이 싸움 없이 조용히 시간을 보낼 수 있는 날이 있었다. 그것은 TV에서 〈이경규가 간다〉라는 프로그램을 할 때였는데, 그날만큼은 그래도 온 집안이 조용했던 것 같다.

그리고 우리 가족이 즐겁게 웃을 수 있는 시간이 하나 더 있었다. 늘 바쁜 삶 속에 찌들어 있던 우리 부모님께서 유일하게 정말 환하게 웃으시던 시간……. 그것은 바로 내가 학교에서 좋은 성적을 받았을 때였다. 내가 100점 또는 1등이라고 찍혀 있는 성적표를 가져와서 부모님께 자랑스럽게 보여드릴 때, 그 순간만큼은 아버지도 어머니도 활짝 웃으셨다.

4학년 때 내가 처음으로 전교 1등을 했던 날, 그날 우리 집에는 삼겹살 파티가 열렸다. 방이 한 칸뿐이라 방에 신문지를 깔아 휴대용 버너를 놓고 오도독뼈가 있는 삼겹살을 5,000원어치 사서 가족들과 이런저런 대화를 하며 맛있게 먹었던 기억……. 어린 나에게 있어 그 무엇과도 바꿀 수 없는 행복한 순간이었다. 그때부터 나는 자연스럽게 이런 생각을 했었던 것 같다.

'부모님께서 저렇게 좋아하시는데……. 그래. 까짓것 이제부터 본격적으로 공부를 한번 해 보자. 늘 삶에 찌들어 있는 우리 부모님에게도 한번 희망을 안겨드려 보자…….'

4학년 때 이후로 그래도 반에서 일등은 한 번도 놓치지 않았던 것 같다. 솔직히 말하건대 그때 나는 절대 공부가 좋아서 한 건 아니었다. 그냥 부모님을 웃게 해 드리고 싶은 마음뿐이었고 부모님을 위해 무조건 좋은 성적을 받아야 했다. 그리고 그렇게 시작한 공부가 어느덧 내 취미이자 특기가 되어 가고 있었다.

지금도 부모님께 정말 감사하고 있는 것이 있다. 그것은 바로 끊임없이 교육의 중요성을 강조해 주신 것이다. 부자가 되라고는 단 한 번도 말씀하시지 않으셨다. 단 열심히 공부해서 훌륭한 사람이 되어 '세상을 이끌어 가는 리더가 되어라.'라고 귀가 따갑도록 말씀하시곤 했다. 그리고 정말 가난하고 돈이 없는 가운데에도 부산의 8학군이라 할 수 있는 동래에서 나와 내 동생을 교육하셨다. '배우고, 배우고, 또 배워야 함'을 끊임없이 강조하셨다. 그렇게 우리 부모님은 동생과 나에게 자연스럽게 교육에 대한 비전을 심어 주고 계셨던 것이다. 정말 귀가 따갑도록 들었기에 나는 크면 당연히 이 세상의 리더가 될 것이라 믿게 되었다.

어렸을 적 공부하는 것이 정말 싫었다. 공부 자체를 좋아한 것이 아니라 공부를 잘했을 때 돌아오는 달콤한 보상이 좋아서 항상 참으며 공부를 해 왔다. 그 보상 때문에 행복하다고 느꼈을지도 모른다. 공부 그 자체가 좋아진 것은 의사가 되고 난 후 부터였던 것 같다. 내가 공부하고 연구하고 있는 것들이 사람들에게 실질적으로 도움이 되고 있다는 확신이 든 순간부터 공부가 좋아지기 시작했다. 내 나름대로 공부의 목적을 재정립한 것이다. 그리고 공부가 주는 보상이 아니라 점점 공부 그 자체를 좋아하게 되었다. 물론 지금도 노는 것이 더 좋다.

강연을 가면 학생들에게 꼭 하는 말이 있다.

'서울 의대 학생들도 공부보다 노는 것을 더 좋아한다는 것…….'

좋은 성적을 내는 사람 중에 공부 자체가 좋아서 하는 사람들은 정말 몇이나 될까 하는 생각이 든다. 그렇기에 더욱 더 목적이 중요한 것이다. 왜 공부를 해야 하는지 목적을 정립하는 것이 공부의 시작이라고 생각한다. 공부 자체가 좋아서 하는 것이 가장 이상적이겠지만, 현실적으로 내가 그런 사람일 확률은 거의 없기 때문에 왜 내가 공부를 해야 하는지 그 목적부터 분명히 하는 것이 중요하다. 그 목적이 행복과 연관된 것이라면, 그래서 하루하루를 희망차게 만들고 지금 자신의 가슴을 뛰게 만들 수 있는 것이라면 공부에서 오는 스트레스를 그래도 조금이나마 줄일 수 있지 않을까 생각한다. 그런 측면에서 볼 때 목적만 잘 정립된다면 공부와 행복은 양의 상관관계를 가지고 있지 않을까 싶다. 부모님의 역할이 중요한 이유이기도 하고, 지금 내가 우리 부모님께 늘 감사드리고 있는 이유이기도 하다.

차렷 자세로 잠들면 되니까

시간을 지배할 줄 아는 사람은 인생을 지배할 줄 아는 사람이다.
- 에센바흐(독일 시인)

내가 초등학교 4학년이 되었을 때는 사교육 열풍이 본격적으로 가속되던 시기로 기억한다. 과학고, 외고 등의 특목고가 서울대보다 좋다는 이야기가 떠돌았고, 방과 후에 학원을 4~5개씩 다니는 학생들이 생기기 시작했다. 영어 열풍이 불어 초등학생 때부터 영어를 배우기 시작했고, 치열한 사교육 경쟁에 대한 보도가 언론의 주 내용이 되기도 했다. 내신 성적이 강조되었고, 그와 별도로 특목고 준비를 위해 수학, 물리, 화학 경시대회를 초등학생 때부터 준비하는 사람들도 생겨나기 시작했다.

공부를 잘하고픈 욕심은 늘 있었지만, 고학년이 될수록 절대적인 시간이 점점 부족하다는 것을 깨닫게 되었다. 친구들과 동네에서 노는 것도 즐거웠고 무엇보다 '봉제 공장 시다공'으로서 본연의 임무를 다해야 했기 때문이다. 초등학교 때까지는 어떻게든 좋은 성적을 유지할 수 있었지만, 중학교부터는 점점 시간이 부족하다는 생각이 들기 시작했다. 중학생이 되면서 나는 6년간 계속해 왔던 봉제 공장 시다공 임무를 완전히 내려놓을 수 있었지만 친구들과 놀고 싶은 마음만큼은 내려놓을 수가 없었다. 공부는 잘해야겠는데, 친구들과 노는 것은 정말이지 포기하기 싫었다.

둘 중의 하나도 놓치기 싫었던 내가 생각한 방법이 바로 '차렷 자세로 잠드는 것'이었다. 차렷 자세로 잠들어 본 사람은 별로 없을 것이라 생각되는데, 일단 차렷 자세로 자게 되면 깊이 잠들 수가 없다. 불편해서 새벽에 깰 수밖에 없게 되고 잠이 불편하다는 생각이 들기 때문에 잠에 대한 유혹을 떨칠 수 있으며 결국 수면 시간을 절약할 수 있다. 나는 방과 후 친구들과 같이 밤 10~11시까지 즐겁게 놀고 집에 돌아와서부터는 새벽 2~3시까지 공부를 계속하는 이중생활을 반복하기 시작했다. 그러고는 늘 그랬듯이 차렷 자세로 잠들고, 다음 날 아침 일찍 일어나서 학교에 갔다. 피로가 쌓이면 오히려 더 공부가 안되는 것 아니냐고 물어보는 사람들이 있는데, 사실 그때는 힘들다는 생각조차 들지 않았고 열심히 놀았기 때문에 높은 능률로 공부에 집중할 수 있었다. 덕분에 나의 학창 시절은 좋은 성적표뿐 아니라 잊을 수 없는 추억들을 함께 만들 수 있었고 하루하루가 신이 나고 즐거웠다. 당구, 댄스, 노래 등이 전부 그때 배운 것이기도 하다.

정말 친구들에게 미안한 기억이지만, 그때 나와 같이 놀던 친구들은 모두 공고를 갔고 나는 부산과학고(한국과학영재고)에 진학을 했다. 지금도 고향에서 그때의 친구들을 만나면 우스갯소리로 얘기하곤 한다.

"네가 반장이어서 우리 엄마가 너랑 노는 것은 허락해 줬었다. 똑같이 놀았는데 너만 과학고 가고 나는 공고 가고……. 정말 너 많이 원망했었다."

그리고 그 친구들은 아직도 내가 천재인 줄 알고 있으나 모든 진실을 알고 있는 내 제일 친한 친구 태호는 지금도 가끔 전화로 물어보곤 한다.

"계현아 요즘도 차렷 자세로 자나?"

"아니, 요즘은 대자로 뻗어서 잔다."

"우와. 김계현이 의사 되더만 이제 지독함이 없어졌네!"

그때의 지독했던 내 모습이 떠올라 한번씩 차렷 자세로 잠들어 본다. 그러나 지금은 너무 불편해서 자세를 유지할 수가 없다. 정말 그때의 지독함이 없어졌나 보다.

'젊으니까 뭐든지 할 수 있어.'라는 말을 자주 듣곤 한다. 그러나 사실 단순히 젊어서가 아니라 열정이 넘치기 때문에 그리고 하고 싶은 일이 너무 많기 때문에 시간이 부족해도 많은 일에 도전할 수 있는 것이 아닌가 싶다. 열정이 많다는 것 그리고 하고 싶은 일이 많다는 것은 아직 우리가 젊다는 것을 의미하고, 그런 열정을 오래도록 유지할 수 있다면 오랫동안 청춘으로서 젊은 삶을 유지할 수 있지 않을까 하는 생각이 든다. 이제 나는 차렷 자세로 잠들 수가 없을 것 같다. 그 사실이 서글퍼지는 것은 나도 나이가 들어 가고 있다는 사실을 인지해서가 아니라,

그때 그 시절의 뜨거운 열정들이 사라지고 있다는 것에 대한 안타까움 때문이 아닐까 하는 생각이 든다.

평생 함께할 소중한 친구

남녀 간의 사랑은 아침 그림자와 같이 점점 작아지지만
우정은 저녁나절의 그림자와 같이 인생의 태양이 가라앉을 때까지 계속된다.
– 베벨

친구에 대한 수많은 속담과 격언들이 있고, 많은 위인들이 친구의 중요성을 강조했다. 친구가 왜 소중한지에 대해서는 어린 아이들에게 물어봐도 적어도 세 가지 이상의 이유를 댈 수 있을 것이다. 나에게도 역시 평생을 함께 할 25년지기 친구가 있다. 바로 이 책을 편찬할 수 있도록 용기를 준 태호라는 친구이다.

나는 태호를 9살 때 만났다. 같은 동네였고 키도 비슷했으며, 그냥 뭐든지 잘 맞았던 친구였다. 항상 붙어 다녔고 무엇을 하든 늘 우리는 함께했다. 태호 아버지께서는 건설 장비 대여업을 하셨는데, 동네에서 부유하다고 소문이 날 정도로 유복했던 것 같다. 태호 어머니께서는 서예를 하셨는데, 국가 장인에 선정되실 정도로 실력이 뛰어나셨고 그에 걸맞게 인품도 훌륭하신 분이었다. 어머니들끼리도 사이가 좋으셔서 지금도 서로 친구처럼 지내시고 계신다.

태호와 나는 호기심이 많았었기 때문에 동네에서 정말 말도 안 되는 사고를 치고 다니곤 했다. 우리 동네에 미남 전화국이라는 큰 전화국이 있었는데, 전화국을 탐험한다고 밤에 몰래 침투하다가 경보기가 울려 동네 전체를 발칵 뒤집어 놓기도 하고 동물원 입장료 300원을 아끼기 위해 동물원 뒤의 높은 담과 동물 우리를 넘어서 무단 입장하기도 했다. 동물원에 있는 새끼 원숭이를 몰래 가지고 나오다가 걸리기도 하고 동네에 새로 생긴 하이마트에서 축구 컴퓨터 게임을 훔치다 들키기도 했다. 심지어는 불꽃놀이를 하다가 다른 집에 불을 낸 적도 있었다. 지금은 술자리에서 웃으며 말할 수 있는 추억거리가 되었지만 그때는 학교에서 정학을 맞을 뻔한 위기도 있었다. 당시의 관계자분들께는 이 자리를 빌려 다시 한번 사과의 말씀을 드리고 싶다.

학교와 공장을 반복하던 나의 일상이었지만, 초등학교 때 태호가 있었기 때문에 다양한 경험을 할 수 있었다. 태호 덕분에 처음으로 지하철을 탔고 박물관뿐 아니라 새로 생긴 놀이공원, 수영장도 갈 수가 있었다. 부산에서 가장 번화가는 서면이라고 할 수 있는데, 나는 초등학교 때 태호를 따라서 처음으로 서면에 갔었고, 그 기억은 아직도 나에게 매우 강렬하게 남아 있다. 그때 나에게 서면은 세 가지 인상으로 기억되는데, 첫 번째는 가게가 정말 많았다는 것과, 두 번째는 바쁘게 걸어 다니는 사람이 너무 많았다는 것 그리고 마지막은 햄버거가 기가 막히게 맛있었다는 것이다.

태호를 따라 처음으로 서면에 있는 롯데리아에 간 적이 있다. 태호는 자주 먹었다고 하지만 나는 생전 처음 가 보는 롯데리아였고, 말로만 듣던 햄버거를 먹을 수 있다는 생각에 가슴 벅차게 설렜던 것으로 기억한다. 일 층에서 주문을 하고 햄버거 세트를 받아서 지하 일 층으로 내려와 함께 테이블에 앉을 때까지, 나는 태호가 그토록 어른스럽고 멋있게 느껴진 적이 없었다. 그렇게 맛보게 된 롯데리아 햄버거는 기대한 것 이상으로 맛있었고, 특히 감자튀김은 내가 이제까지 먹어 본 음식 중에 단연 최고였다. 내 입 속으로 하나하나 들어가 없어지는 것마저도 너무 아깝게 느껴질 정도였다.

"계현아, 맛있나?"

"응 나 처음 먹는데 너무 맛있다. 고맙데이."

"내가 진짜 맛있는 햄버거 가르쳐 줄까?"

"뭔데?"

"진짜 맛있는 햄버거는 버거킹이다. 나도 한 번도 안 먹어 봤는데, 다음에 내가 꼭 사 줄게. 같이 먹자."

"그래."

그때부터 우리에게 가장 맛있는 햄버거는 버거킹이 되었고, 지금도 그때의 일을 이야기하며 추억에 젖을 때가 있다.

태호는 유복했지만 부모님이 매우 검소하셔서 태호 또한 그렇게 용돈이 많지 않았다. 태호도 며칠 분의 용돈을 아끼고 아껴 햄버거 세트를 사 줬다는 것을 알고 있었다. 초등학생에게 500원도 큰돈이었는데,

그 당시 2,000원이 넘는 햄버거 세트를 사준 것이니 태호도 큰 용기를 낸 것이었음에 틀림없다.

어른이 된 지금도 롯데리아 앞을 지날 때마다 그때 그 기억이 영화처럼 생생히 스쳐 지나갈 때가 있다. 한번씩 그때 먹었던 새우버거 세트를 시켜 보지만, 몇 번을 먹어도 그때의 맛은 나지 않는다. 그토록 좋아했던 감자튀김도 남길 때가 있다. 내 친구가 며칠 치 용돈을 아껴 사 주었던 그 햄버거……. 지금도 나는 햄버거를 볼 때마다 태호를 떠올리며 흐뭇한 미소를 지을 때가 있다.

태호는 중학교도 나와 같은 학교로 배정되었다. 아마도 내 이중적인 생활의 최대 피해자는 태호가 아닐까 싶다. 늘 함께 밤 10~11시까지 놀고 같이 집에 들어와서, 태호는 잠들고 나는 새벽 2~3시까지 공부를 했으니, 지금 생각해 봐도 나는 정말 의리 없는 친구였던 것 같다. 그에 반해 태호는 의리에 죽고 사는 그런 친구였고 지금도 마찬가지다. 한번은 태호 집에 갔는데 거실에 금붕어를 키우는 큰 수족관이 있는 것을 발견하였다. 산 지 얼마 되지 않은 것이었는데, 수족관 가운데 물레방아가 돌아가고 있었고 아름다운 인공 수초들 사이로 열 마리 남짓의 금붕어들이 유유히 헤엄쳐 다니고 있었다.

"계현아 수족관 갖고 싶나?"

"당연하지. 내 원래 동물 같은 거 키우는 거 진짜 좋아한다."

"그래? 그럼 내가 이거 줄게."

그날 태호 어머니가 없는 틈을 타 태호는 수족관을 다 분해한 다음 그대로 우리 집에 설치해 주었다. 태호네 집 거실에 있어야 할 수족관이 3시간여 만에 좁은 우리 집으로 이동해 온 것이다. 일을 마치고 돌아오신 우리 부모님은 무척이나 어이없어 하셨고, 잘은 모르겠지만 태호 부모님도 마찬가지셨을 것이다. 뭐 어쨌든 그렇게 우리 집으로 오게 된 수족관은 몇 년 동안 좁은 우리 집 안방에 자리 잡게 되었다.

중학생 때 담임 선생님께서 우리 어머니를 학교로 부른 적이 있었다. 중학교 때 나는 매년 반장을 도맡아 했고 성적도 늘 전교 최상위권이었다. 어머니가 학교로 오실 일은 단 한 번도 없었는데, 처음으로 어머니가 호출된 상황이라 나도 매우 당황스럽고 걱정스러웠다. 오후 4시쯤인가 어머니가 학교에 왔다 가셨는데, 나는 왜 어머니가 오셨는지 궁금해서 견딜 수가 없었다. 집에 가자마자 어머니께 부리나케 달려가 여쭈어보았고, 그날 저녁 답을 들을 수 있었다.

"중학교 3학년은 향후 고등학교 진학을 결정하는 매우 중요한 시기이기 때문에 계현이는 오로지 공부에 집중해야 됩니다. 특히 좋은 고등학교에 진학하기 위해서는 태호 같은 친구는 사귀지 않는 것이 좋습니다."

바로 이 조언을 해 주려고 어머니를 불렀다고 한다. 사실 나쁜 짓은 내가 다 하고 다녔지만, 나는 반장이라 항상 빠져 나가고 태호만 항상 선생님께 혼난다는 사실을 우리 어머니는 일찍부터 알고 계셨다. 왜냐하면 초등학교 때부터 그랬으니까……. 그리고 어머니는 가장 가까운 곳에서 그런 모습을 봐 왔으니까…….

"나는 하루하루 먹고 살기 바쁜 사람입니다. 한 시간, 한 시간이 매우 소중한 사람이다 이 말입니다. 그런 쓰잘머리 없는 소리 하려고 부르는 거면 앞으로 저를 부르는 일이 없었으면 좋겠습니다. 걔네 둘이는 친형제입니다."

어머니는 흥분해서 선생님께 이렇게 이야기하셨다고 한다. 어머니의 통쾌한 대답에 답답했던 가슴이 뻥 뚫리는 느낌이었다. 이 이야기는 태호도 알고 있는 이야기이다. 태호는 술 취하면 가끔 이 이야기를 하면서 우리 어머니께 감사하다는 이야기를 하곤 한다. 아마 태호에게도 꽤 인상이 깊었던 일화가 아니었을까 싶다.

우리는 거울을 통해 자신을 바라본다. 그렇기 때문에 우리는 죽을 때까지 내 진짜 모습을 볼 수가 없다. 거울에 투영된 내 허상을 바라볼 뿐이다. 2차원적인 허상을……. 그러나 나와 어렸을 때부터 함께해 온 내 친구는 그 두 눈으로 내 진짜 모습을 바라보고 있었다. 투영된 허상이 아니라 3차원의 진짜 모습을……. 나는 내 진짜 모습을 한 번도 보지 못한 채 조금씩 늙어 가지만, 내 친구의 눈과 머릿속에는 허상이 아닌 진짜 내 모습이 살아 숨 쉬고 있다. 어렸을 때부터 지금까지의 진짜 내 모습을 담아 두고 간직해 주는 몇 안되는 소중한 사람이 바로 친구인 것이다. 그런 친구를 부정하는 것은 내 소중했던 어린 시절의 나까지 부정하는 것이기에……. 어찌 친구를 소중히 여기지 않을 수 있겠는가…….

태호와 나는 꿈꾸고 있는 삶의 목표도 동일하다.

'사람을 최우선으로 생각하고, 사람이 행복할 수 있는 사회를 만드는 것.'

우리는 가난한 사람도 아무 걱정 없이 무한한 꿈을 키울 수 있는 학교를 만드는 것과 삶의 마지막을 존엄하게 맞이할 수 있는 요양병원을 만드는 것 등……. 어떻게 하면 우리의 목표를 이룰 수 있을까 하는 구체적인 고민을 고등학교 때부터 하곤 했다. 아마 거짓말처럼 들릴지 모르겠지만, 우리는 진짜 그랬었고 그렇게 꿈이 같았기에 지금도 더 끈끈한 우정을 쌓아 갈 수 있다고 생각한다.

부산과학고와
과학자의
꿈

열정 하나만으로

천재는 노력하는 사람을 이길 수 없고,
노력하는 사람은 즐기는 사람을 이길 수 없다.
- 로프메르 쿨레

중학교 3학년이 되었을 때, 나는 막연히 부산과학고에 진학하겠다고 마음을 먹었다. 당시 과학고의 위상은 실로 어마어마했다. 일단 과학고에 입학하면 2학년 때 조기졸업 후 카이스트로 진학할 수 있었고, 당시 〈카이스트〉라는 드라마가 유행하고 있었을 때라 과학고는 서울대보다도 들어가기 어렵다는 소문이 돌 정도였다. 내가 과학고에 가고 싶은 이유는 세 가지였다. 일단 과학고는 기숙사 생활이라 집에서 벗어날 수 있었고, 두 번째는 부모님이 매우 기뻐하실 것 같았으며, 세 번째는 그때 점점 물리의 매력에 빠져들고 있었기 때문이었다. 차렷 자세로 자면서 독하게 공부할 때였으니 중학교 성적은 전교 1, 2등을 할 정도로 좋았지만 부산과학고의 총 정원은 부산의 중학교 총 수보다 적었다. 즉, 과학고에 진학하기 위해서는 전교 1등만으로는 부족하다는 것이었다. 당시 과학고 입학을 준비하는 학생들은 그 부족한 부분을 경시대회 수상 실적으로 채우고 있었다. 중학교 때 물리, 화학, 수학 중에 하나를 골라 준비를 해서 학교대회, 부산대회, 전국대회를 나가 입상을 하게 되면 가산점이 붙어 과학고 진학에 유리했기 때문에 부산에도 경시대회 준비 과외나 특목고 준비 학원이 우후죽순 생겨나고 있었다. 나도 학교 선생님과의 여러 번의 면담을 통해 과학고 진학을 위해서는 경시대회 준비가 필요하다는 것을 알게 되었고, 무엇을 할까 오랫동안 고민을 하다가 물리경시대회 준비를 선택하게 되었다. 그 이유는 학교에서 수업을 들을 때 처음으로 재미있다고 생각했던 학문이 물리였고, 여러 가지 물리 공식을 배우면서 세상에서 일어나는 모든 일들을 이론적으로 설명할 수 있을 것 같은 자신감이 들었기 때문이기도 했다. '만물의 이치'라는 뜻의 한자 物理도 매우 매력적으로 다가왔었다.

경시대회 과외를 받을 돈도 없었고, 비싼 특목고 준비 학원에 다닐 수도 없었다. 과학고에 입학하겠다는 막연한 의지만이 있을 뿐이었다. 그냥 늘 들고 다니던 수첩에 '부산과학고 입학'이라고 반복해서 쓰며 어떻게 할까 하염없이 고민만 했었다. 그리고 고민 끝에 동네 아는 형을 통해 '대학물리'라는 책을 받았고, 일단 보기나 하자는 생각으로 무작정 읽어 나갔다. 뭐라도 해야겠다는 마음으로 시작하기는 했지만 사실 처음에는 도대체 무슨 내용인지 전혀 이해가 가지 않았다. 이론을 반복해서 읽어도 이해하기에는 역부족이었고, 물리라는 학문의 깊고 심오함에 좌절하는 나날들만 반복되었다. 내가 무엇을 모르는지조차도 알 수 없으니 어디에서부터 손을 대야 할지 막막할 뿐이었다. 그런데 최근에 의학을 공부하면서도 느끼는 것이지만 인간의 뇌는 정말 설명할 수 없는 무한한 능력을 가지고 있는 것 같다. 그 당시 공부할 때는 당장 이해가 되지 않았지만, 할 수 있다는 생각으로 읽고 또 읽고 반복하고 반복할수록 그 부분이 뭔가 친숙해지는 것 같은 느낌이 들며, 진짜로 뭔가 이해가 되고 있다는 기분이 들기 시작하는 것이다. 특히 학생들에게 꼭 추천해 주고 싶은 방법이 있는데, 만약 이론이 이해가 잘 되지 않으면 무작정 그 이론을 이해할 때까지 계속 읽지만 말고 그 이론에 딸려 있는 문제(예제)를 먼저 풀어 보는 습관을 가졌으면 좋겠다. 당연히 그 문제는 이론에 대한 이해가 없기에 풀 수가 없을 테지만, 그냥 책에 나와 있는 풀이와 답을 보면서 그 과정을 이해하면 된다. 어차피 이론이라는 것은 실제에 적용되기 위해 존재하는 것이고 문제의 풀이를 보고 실제에 어떻게 적용되는지 이해를 하면 비로소 그 이론이 이해될 때가 많다. 특히 이과적인 학문에서는 이 방법이 매우 유용하게 쓰일 수 있다. 혹시 다음 기회가 된다면 몇 가지 요령도 덧붙이려 한다.

그런 방식으로 계속해서 '대학물리'를 읽어 나갔고 3개월 정도 후에는 자신감이 생기기 시작했다. 그런 노력이 통했는지 결국 학교에서 시행한 물리경시대회에서 대상을 받아 학교 대표로 뽑혔고 부산시에서 시행한 물리경시대회에서도 수상을 할 수 있었다. 좋은 내신 성적을 유지했었고, 3년 내내 반장을 했으며 물리경시대회 수상을 통한 가산점까지 있어 나는 당당히 부산과학고등학교에 입학을 할 수 있었고, 처음으로 내가 정한 목표를 현실로 이룰 수가 있었다.

나는 무언가 이루고 싶은 꿈과 목표가 생기면 그 꿈을 수첩에 적는 습관이 있다. 처음에는 막연했던 꿈이 수첩에 적는 순간 명확하고 당연한 목표가 되어 내게로 다가온다. 그리고 어떻게 하면 그 꿈을 이룰 수 있을까 비로소 고민하기 시작하고 무궁무진한 능력을 가진 우리의 뇌가 작동하기 시작한다. 꿈을 적어 나가는 것, 그것은 바로 내가 가진 가장 소중한 습관들 중 하나가 아닐까 싶다. 나는 지금도 늘 나만의 수첩을 가지고 다니며 시간이 날 때마다 그 꿈들을 적는다. 그리고 정말 신기하게도 그 꿈들은 거의 다 이루어졌던 것 같다.

천재들 속에서의 좌절

자세히 보아야 예쁘다. 오래 보아야 사랑스럽다. 너도 그렇다.
– 나태주 시인, 풀꽃

늘 자신감 넘치던 나였지만 과학고에 입학한 며칠 동안은 불안감과 두려움에 잠을 못 잤던 것으로 기억한다. 같이 공부하는 과학고 동기들은 전부 각 학교에서 이름을 떨치던 수재들이었고 나같이 평범한 사람과는 분명히 다를 것이라 생각했다. 수업을 들을 때도 모두들 잘 이해하고 있는데 나만 못 알아듣고 있는 것 같은 기분이 들었다. 자습실에 모여 공부를 할 때도 모두 엄청난 집중력을 가지고 공부를 하고 있는데 나 혼자 집중이 잘 안되고 진도가 나가지 않는 것 같았다. 자신감이 떨어져서인지 내 자신이 부족하고 못나 보이기 시작했다.

지금 생각해 보면 자존감이 처음으로 곤두박질쳤던 시기였던 것 같다. 사실 나뿐만이 아니었다. 모두가 말은 안 하고 있었지만 과학고 동기들도 다들 서로를 바라보며 그렇게 생각하고 있었던 것 같다. 사춘기 아이들이 느끼기에 과학고라는 공간은 우리를 압도하여 스스로를 한없이 작아지게 만들어 버리는 이상한 힘이 있는 곳처럼 느껴졌다. 입학 전 하늘 끝까지 치솟던 내 자존감이 어느새 흔적도 없이 사라져 버린 시기였다.

그리고 며칠 뒤, 우려하던 일이 터졌다. 스트레스를 못 이긴 여자 동기 1명이 결국 극단적인 선택을 한 것이었다. 입학한 지 얼마 되지 않았을 때라 나는 말 한마디 붙여 보지 못한 친구였다. 그 친구의 마음이 어땠는지 우리가 온전히 이해할 수는 없겠지만 그 일은 사춘기인 우리들이 감당하기에는 매우 가슴 아픈 일이었고 동기들 모두가 슬피 울며 며칠간을 괴로워했다. 과학고에 온 것을 처음으로 후회했고 세상이 너무 무섭게 느껴져 하루라도 빨리 이곳을 떠나고 싶다는 생각을 했다. 어린 나에게는 진심으로 외롭고 무섭고 힘들었던 순간이었다.

무엇이 잘못되었던 것일까…….

사실 사람의 가치는 변하는 것이 아니다. 그 가치는 절대로 정량화, 상대화시킬 수도 없다. 인간의 존엄성은 당연히 존중받아야 하는 가치이고 그 가치는 이 세상의 사람 수만큼 동등하게 존재하고 있는 것이다. 높고 낮음도 없고 중요하고 덜 중요한 가치도 없다. 그냥 그렇게 매일 떠오르는 태양처럼 거기에 존재하고 있을 뿐이다. 그러나 당시의 우리는 남과 비교하면서 자신의 가치를 평가하려 했고 무엇보다 그 가치를 스스로 해하려 했다. 학교가, 선생님이, 부모님이 우리를 힘들게 하고 있는 것이 아니라, 스스로의 가치를 존중하지 못하는 우리의 여물지 못한 태도가 결국 우리에게 족쇄를 채운 채로 고통을 주고 있었던 것이다. 우린 그 모든 것을 감당할 만큼 성숙하지 못했고 그렇게 세상을 배워 나가고 있었던 것이다.

나는 우리 부산과학고등학교에 대한 자부심이 크고, 내 동기들에 대한 기대감 또한 매우 크다. 실력과 도덕성까지 갖춘 인재들이기에 언젠가 이 사회의 리더가 되어 세상에 긍정적인 영향을 끼칠 것이라 확신하고 있다. 그 당시 교장 선생님께서는 조례 때마다 이런 이야기를 하시곤 했다.

"여러분들은 세상을 구할 인재라는 자부심을 가지고, 한 사람당 10만 명씩 사람을 구할 수 있는 인재가 되어 주세요. 늘 그런 사명감을 가지고 공부를 하세요."

우리는 힘든 경쟁의 시대에 살고 있다. 항상 남과 비교하면서 자신의 단점을 자책하고 남을 이기려고만 한다. 그리고 그것이 진정한 경쟁이라고 착각한다. 그러나 잘 생각해 보면 진정한 경쟁 상대는 남이 아니라 어제의 나, 과거의 나였음을 간과하고 있었던 것 같다. 오히려 주위 사람들은 내가 어제의 나와 싸워 이길 수 있도록 늘 곁에서 힘을 주는 동지이며 함께 걸어 나가야 할 전우인 것이다. 그러나 우리는 사촌이 땅을 사면 배 아파 하면서도, 어제보다 퇴보하고 있는 나 자신에 대해서는 전혀 죄책감을 느끼지 않는다.

그 당시 힘든 사건을 겪으면서 우리는 인간의 가치에 대해 다시 한번 생각할 수 있었고, 진정한 경쟁의 의미를 알게 되었으며, 친구들을 경쟁 상대가 아닌 동지로 바라볼 수 있는 계기가 되었다고 생각한다. 지금 그때로 돌아간다면 나는 그때의 나를 그리고 나와 함께했던 모든 친구들을 따뜻하게 안아 줄 수 있을 것 같다.

남과의 경쟁이 아니라 자신과의 경쟁에서 이길 수 있도록 나와 함께하고 있는 동지들을 더 소중히 여길 수 있어야 할 것 같다.

외모 콤플렉스 그리고 대인기피증

사람은 자신감이 있어야 한다.
이것이야말로 내가 가장 추천하는 성공의 비결이다
- 찰리 채플린

스스로 말하기에는 조금 부끄럽지만, 초등학교, 중학교 때는 이성에게 꽤 인기가 있었던 것 같다. 공부도 잘했고, 한 번도 빠짐없이 반장을 도맡아 할 정도로 리더십도 있었고, 무엇보다 주위를 재밌게 해 주는 스타일이라 항상 주변에 친구들이 많았다. 이성으로부터의 인기를 가늠할 수 있었던 밸런타인데이에는 매년 초콜릿을 5개 이상씩 받곤 했다. 부모님께서도 올해에는 우리 아들이 몇 개의 초콜릿을 받아 오나 내기를 하면서 흥미롭게 지켜보시기도 했었다.

그러나 고등학교에 들어간 뒤에 그 모든 것이 달라졌다. 청춘의 꽃, 여드름이 내 얼굴 전체를 덮기 시작했기 때문이다. 처음에는 이마에 조금씩 나기 시작하더니 어느새 얼굴 전체로 퍼져 나가기 시작했다. 이마에 몇 개 있을 때는 여드름 짜는 것이 재밌기도 하고 신기하기도 했는데, 점점 걷잡을 수 없을 만큼 퍼져 나갔다. 그 당시에는 여드름을 관리해야 하겠다는 생각조차 없었기 때문에 습관적으로 얼굴을 만지다가 여드름이 만져지면 거울을 보고 짜기 시작했고, 짠 부위에는 흉터가 생기고 흉터 위에 또 여드름이 나는 악순환이 계속되기 시작했다. 말 그대로 멍게처럼 얼굴이 울퉁불퉁해져 갔고 또 끊임없이 여드름이 생기기 시작했다. 잘못된 방법으로 관리를 하다 보니 피부는 더더욱 엉망이 되어 가고 있었고 그와 동시에 밝았던 내 성격도 점점 변해 가기 시작했다. 과학고는 두발 자유화였기 때문에 나는 머리를 길렀었고 앞머리로 이마뿐만이 아니라 얼굴을 최대한 가렸었다. 햇빛이 비치는 곳에 있으면 여드름과 흉터 자국들이 더 많이 보여 얼굴이 울퉁불퉁해 보이는 것 같아 자연스레 어두운 자리를 찾게 되고 고개는 항상 숙이고 누가 부르면 얼굴은 숙인 채 눈을 위로 치켜뜨는 것이 버릇이 되었다. 그렇게 외모와 태도가 변하다 보니 점점 내 마음도 어두워져만 갔다. 그렇게 활동적이던 내가 사람들을 피하게 되고 혼자서 음악을 듣는 것을 즐겨하게 되었다. 항상 내 귀에는 이어폰이 꽂혀 있었고, '메탈리카' '마이클 런즈 투 락' 등의 음악에 심취하게 되었다. 특히 초등학교, 중학교 동창 친구들을 만나는 것이 두려웠고, 혹시 그때 날 좋아했었던 여자 친구들을 길에서 만날까 두려워 가능한 밖에는 나가지 않았다. 그때 거울에 보이는 내 모습, 특히 햇빛에 비쳐 피부 표면이 울퉁불퉁하게 보이는 내 모습을 보고 나는 어리석게도 내 자신을 괴물 같다고 생각했었다.

정확히 그 시기에 사춘기가 찾아왔다. 가난에 대한 불만이 마음 깊숙이 자리 잡고 있는 와중에도 내가 가지고 있는 건강한 몸 하나에는 자부심이 있었는데 어드름의 쓰나미가 밀려오면서 그것마저도 무너져 내리기 시작했다. 이 세상이 지옥 같아 보이고 바깥 활동을 하지 않다 보니 음악 듣는 것 외에는 삶의 낙이 없었다. 전생에 무슨 죄를 지었기에 이렇게 아무것도 가지지 못한 채 태어날 수 있을까 스스로를 자책하기도 했다. 그때 사귀었던 여자친구와도 헤어지게 되었고 학교 성적도 점점 떨어져만 갔다.

그러던 어느 날, 나는 부모님께 너무나도 큰 실수를 저지르고 말았다. 그날은 토요일 오전이었는데 아버지는 방에 누워서 주무시고 있었고 어머니와 나는 그 뒤에 앉아 이야기를 나누고 있었다. 앞뒤 상황은 잘 기억나지는 않지만 얘기 끝에 나는 심한 말을 어머니께 내뱉어 버렸다.

'부모님이 무능력하다……. 나는 세상을 살아갈 필요가 없기 때문에 자살할 거다……. 이 모든 게 부모님 때문이다…….'

해서는 안 되는 말들을 내뱉어 버렸고 결국 어머니는 아무 말 없이 눈물을 흘리셨다. 누워 계시던 아버지도 분명 다 듣고 계셨을 것이라 생각한다.

의학에서는 조직반응을 가리키는 말 중 '섬유화'라는 용어가 있다. 역치를 넘지 않는 상처는 회복이 끝나면 이전으로 돌아갈 수 있다. 즉, 치유가 가능하다는 뜻이다. 그러나 역치를 넘은 큰 상처는 이전과 같이 회복되지 못하고 섬유화되어 버리고 만다. 넘어진 후에 생긴 무릎 상처를 보면 이전 피부와는 달리 울퉁불퉁하게 변한 모습을 볼 수 있을 텐데 그것이 바로 섬유화 반응이 일어난 것이다. 나는 그때 부모님께 역치를 넘는 상처를 안겨드렸고 부모님의 가슴에 섬유화되어 완치되지 못한 채 남아 있을 것이다. 평생 없어질 수 없는 상태로…….

그때를 생각하면, 가슴이 미어져 올 때가 있다. 지나가면 아무것도 아니었던 것을 그때는 왜 그렇게 힘들어했을까? 나는 여드름 때문이라는 핑계를 댔지만 사실은 내가 나 자신을 제대로 사랑하지 못한 것이 그 이유가 아니었나 싶다. 내가 나 자신을 긍정적으로 바라보지 못했기에 다른 사람들도 나를 좋아해 줄 수 없었을 것이다. 늘 자기 열등감과 자기 비하에 내 자신을 가두어 둔 채, 정작 타인들은 나에게 아무런 관심이 없는데, 내 스스로 비관 속으로 나를 밀어 넣고 있었던 것이다. 조금만 더 용기 낼 수 있었으면 좋았을 것을……. 조금만 더 자신감을 가졌으면 좋았을 것을……. 그랬으면 내 학창 시절이 좀 더 밝고 풍요로웠을 것을…….

대학교 때 그때의 여자친구와 다시 만난 적이 있다. 오랜만에 만나 이런저런 이야기를 나누다 보니 자연스레 당시의 우리로 돌아가 허심탄회하게 그 시절 추억들을 꺼내어 볼 수 있었다.

"나 그때 너한테 차였었잖아. 하하하."

"무슨……. 난 네가 갑자기 계속 차갑게 대하고 웃지도 않고 시큰둥하게 대하고 해서 네가 나 안 좋아하는 줄 알았는데……. 나는 내가 차였다고 생각했었는데……."

무엇이 진실이었는지는 모르겠지만 결국 나를 사랑하지 않은 것은 타인이 아니라 내 자신이었다는 사실만큼은 분명해 보였다.

만약 내가 타임머신을 타고 그때로 돌아갈 수 있다면 그때의 나에게 꼭 말해 주고 싶다.

넌 정말 멋진 사람이고, 충분히 매력적인 사람이라고…….

이제 열등감에서 벗어나서 세상 속으로 힘껏 도움닫기 하라고…….

얼마 전 2015년 내과 연말 송년회가 있었다. 교수님 및 전체 전공의를 대상으로 시행한 송년회 설문 조사에서 나는 이성에게 인기 많은 전공의 1위, 상담 받고 싶은 전공의 1위에 뽑혔다. 내 피부는 아직도 여드름의 흔적들로 울퉁불퉁하고 다소 깔끔하지 못한 인상을 줄지 모른다. 그러나 그때의 나와는 달라진 것이 있다. 그것은 바로 지금은 나 자신에 대한 자신감을 가지기 위해 노력하고 있다는 것과 스스로를 더 사랑하게 되었다는 것이다.

손만 들면 되는데

부끄러움 중에서 가장 나쁜 것은
검약과 빈곤을 부끄러워하는 것이다.
- 리바우스

고등학교 때까지도 집안 형편은 전혀 나아지는 것이 없었다. 고등학교 때 우리 가족은 시에서 운영하는 13평짜리 아파트에 반 전세, 반 월세로 이사하였고, 좁은 집에서 새로운 생활이 시작되었다. 곧 재건축한다는 소문이 들 정도로, 말 그대로 쓰러져 가는 아파트였고 13평짜리 좁은 집에서 아버지, 어머니 그리고 고등학생 자녀 둘이 생활하였다. 물론 나는 과학고 기숙사에 있었기 때문에 주말이 아니면 집에 올 일은 없었지만 집에서 자는 것이 싫어 주말에도 기숙사에 있고 싶어 했을 정도로 나는 그 아파트를 싫어했다. 집안 형편은 아무것도 나아진 것은 없었지만, 그래도 한 가지 긍정적인 것이 있다면 비로소 아버지께서 봉제 공장을 그만두셨다는 사실이고, 부모님은 각자 아르바이트를 시작하셨다는 것이다. 우리 가족에게도 처음으로 흑자의 시대가 열릴 준비를 하고 있었다.

나는 새 학기가 시작되는 매년 3월이 매우 싫었다. 왜냐하면 일 년에 한 번 있는 가장 치욕적인 순간을 견뎌야 했기 때문이다. 새 학기가 되면 학교에서는 집안 사정이 어려워 학비 면제를 받아야 하는 사람을 조사하곤 한다. 그냥 손만 들면 되는데 그 순간이 매우 창피하고 부끄러웠다. 손을 든 내 모습을 보고 나면 친구들이 날 대하는 태도가 바뀌는 것 같기도 하고 좀 무시하는 것 같은 기분이 들기도 했다. 그래서 초등학교 때부터 매년 3월이 오는 것이 나에게는 정말 큰 스트레스였다.

'아……. 손들기 너무 부끄러운데……. 그래도 내가 여기서 손을 들지 않으면 부모님께 너무 큰 부담이 되겠지. 딱 눈감고 손 한 번만 들자. 지금 당장만 부끄러우면 되는 거니까…….'

사실 나는 한 번도 손을 들지 않은 적이 없다. 내가 부끄러운 것보다는 우리 부모님께서 고생하시는 것이 더 싫었으니까……. 그래도 매년 다가오는 그 이벤트가 어린 나에게는 너무나 큰 스트레스였기에 3월이 오는 것은 정말이지 싫었다. 늘 3월은 나에게 힘들고 잔인한 그런 달이었다.

그런 3월이 더 잔인하게 느껴지는 해가 있었다. 부산과학고에 처음으로 입학한 해의 3월이었다. 그때는 전술했듯이 내 자존감이 계속해서 바닥을 치고 있을 때이기도 했고, 무엇보다 내 첫사랑 여자친구와 교제를 갓 시작할 때였다. 여느 3월과 마찬가지로 학비 면제를 조사하는 순간이 왔고 손을 들어야 하는 내 앞에는 이제 교제를 시작한 내 여자친구가 앉아 있었다. 늘 겪어 왔고 이제는 익숙해질 만도 한 순간이었지만 그때만큼은 정말 많은 생각들이 스치고 지나갔다. 아니 정말 솔직히 손을 드는 것이 무척이나 싫었고 이 순간만큼은 그냥 조용히 못 들은 척하고 앉아 있고 싶었다. 선생님이 첫 번째로 물어보셨을 때, 결국 나는 부끄러움에 손을 들지 않았고 아무도 손을 들지 않자 선생님께서 진짜 없냐고 다시 한번 물어보셨다. 그리고 마지막 확인을 위해 선생님께서 세 번째 질문을 하셨고 그제야 나는 뒤늦게 손을 들었다. 차라리 처음부터 들었으면 조금이라도 덜 부끄러웠을 것을…….

그러나 그것은 시작에 불과했다. 과학고는 오후까지 수업을 하고 나면 저녁을 먹은 뒤 자습실에 모두 모여서 의무적으로 자습을 해야 했고, 공부에는 체력이 중요하다는 부모님들의 요청에 따라 저녁 9시경에 30분 정도 간식 시간이 준비되어 있었다. 치킨, 햄버거, 수육, 개고기까지 열성적인 어머니들께서는 열심히 간식을 준비하셨고, 그래서 우리는 간식비라는 것을 내야만 했다. 사실 그 간식비가 학교에 내야 하는 돈 중에 가장 부담이 컸다. 물론 나는 간식비를 내지 못했기 때문에 경제적 여유가 있었던 다른 부모님들께서 대신 내주셨는데, 뒤늦게 안 사실이지만 그분들 중의 한 분이 바로 여자친구의 부모님이었다. 당시 여자친구의 집은 비교적 유복했었고, 내 간식비를 대신 내주고 있다는 사실을 다른 사람들은 알고 있었다고 한다.

그렇게 나는 한 번도 빠짐없이 매년 손을 들었다. 부끄러움에 늘 내 얼굴은 붉어졌지만 그래도 계속해서 손을 들었다. 이유는 단 하나다.

지금 이 순간 내가 한 번 부끄러우면 그만큼 부모님의 부담이 줄어드는 거였으니까……. 가끔씩 부모님께 상처를 드리기는 했지만, 그래도 지금 생각해 보니 나도 꽤 효자였던 것 같다.

나는 한 번도 내 돈을 내고 공부한 적이 없는 것 같다. 학비 면제, 장학금 등으로 공부를 계속할 수 있었고 결국 지금의 나도 존재할 수 있었던 것 같다. 내가 앞으로 개인의 안위를 위하는 삶이 아니라 사회에 공헌하는 삶을 살고 싶은 중요한 이유이기도 하다.

내가 진정 원하는 길

인생의 어려움은 선택에 있다.
- 무어

고등학교 3학년은 사춘기 학생들에게 있어 대학 진학을 생각하고 앞으로의 미래를 계획하는 시기이다. 그리고 어렸을 적 꾸었던 많은 꿈들을 자신의 상황에 맞게 필터링하는 시기이기도 하다. 누군가에게는 많은 선택지가 있을 것이고, 누군가에게는 몇 안 되는 선택지 안에서 고민해야 하는 시기일 수도 있다. 그러나 분명한 것은 처음으로 맞이하는 인생의 갈림길에서 큰 줄기 하나를 선택해야 하는 중요한 시점이라는 것이다.

나 또한 어느 대학을 갈 것인가 그리고 앞으로 무엇이 될 것인가에 대한 고민이 많았던 것 같다. 물리학이나 항공공학 등을 전공한 후 관련 기업에 입사하여 평범하게 살아가는 그런 삶은 살고 싶지 않았다. 무엇을 어떻게 할지는 구체적으로 떠오르지 않았지만, 정책을 바꿀 수 있는 자리에 가서 많은 사람들에게 희망을 줄 수 있는 일을 해야겠다는 막연한 생각은 가졌던 것 같다. 그리고 늘 내 친구와 이야기했듯이 사람을 최우선으로 생각하고 사람이 행복할 수 있도록 공헌할 수 있는 무언가를 했으면 좋겠다는 생각을 했었던 것 같다. 그러나 그것 자체가 너무 막연했기에 고민은 계속될 수밖에 없었다.

일단 내가 가진 장점이 무엇인지 생각해 보았다. 나쁘지 않은 머리, 늘 반장을 도맡아 하면서 습득할 수 있었던 리더십, 괜찮은 운동 신경 그리고 무엇보다 지독함. 일단 내 장점을 극대화시키고 내가 가고자 하는 삶의 방향과 조금이라도 맞는 것을 찾아보자는 생각을 했던 것 같다. 전국 대학들의 과를 전부 리뷰해 보기도 하고, 경찰대, 사관학교까지 범위를 넓히기 시작했다. 내 선택지에 제한은 없었고 최대한 정보를 얻어 합리적인 선택을 하려고 노력했다.

나는 수개월간의 고민 끝에 공군사관학교라는 베스트 선택지를 찾을 수가 있었다. 우연히 공군사관학교 팸플릿에서 공군 '우수생도 선발제도'를 발견했는데, 나는 그것이 내가 가야 하는 길임을 한눈에 알 수가 있었다. 등록금도 필요 없었고 오히려 월급을 받으면서 학교를 다닐 수가 있었으며, 무엇보다 커리큘럼 자체가 내 리더십을 극대화시킬 수 있을 것 같다는 생각이 들었다. 내가 정말 잘할 수 있을 것 같다는 생각이 들기 시작했고 앞으로 내가 가고자 하는 삶의 방향에 가장 부합하는 이상적인 학교라는 확신이 들었다. 그렇게 나는 학교와 부모님의 반대 속에서도 공군사관학교를 선택하게 되었고, 부산과학고 최초로 공군사관학교에 입학하는 학생이 된 것이다.

보통 과학고에서는 서울대, 카이스트, 포항공대 아니면 의대를 우선적으로 생각한다. 그리고 그 학교들에 불합격했을 경우에는 재수를 생각하는 것이 일반 학생들의 생각이었다. 적어도 사관학교를 생각하는 사람은 거의 없다. 그렇기에 사실 많은 사람들의 반대가 있었지만 나는 내가 가고 싶은 길을 선택했다. 물론 내가 성적이 나빴던 것도 아니고 다른 선택지가 없었던 것도 아니다. 단지 내가 가고자 하는 삶의 방향과 일치하고 나의 능력을 극대화시켜 줄 수 있는 학교라는 확신이 있었기에 나는 과감히 사관학교를 선택할 수 있었던 것이다.

수많은 선택의 결과들이 지금 자신의 모습이다. 살아가면서 수많은 갈림길과 마주하게 되고 여러 가지 조언도 듣겠지만, 결국은 본인이 외로운 선택을 해야 한다. 오로지 자신만이 자신의 길을 선택할 수 있고 자신만이 그 책임을 질 수 있기 때문에 그 선택은 외로운 과정일 수밖에 없다. 우리는 무언가를 선택함에 있어서 타인의 눈치를 보고 세상의 시선을 신경 쓰며 남들에게 어떻게 보일까를 걱정하게 된다. 정말로 눈치를 봐야 하는 사람은 바로 자기 자신이지만 대부분 선택에 있어서는 타인을 먼저 고려하여 생각하게 되는 것이다.

우리는 앞으로 살아가면서 수많은 선택을 하게 될 것이다. 인생은 정답이 없는 외롭고 외로운 선택의 연속이 될 것이다. 중요한 선택의 갈림길과 마주하게 된다면 우리는 그 순간을 다시 한번 자신을 돌아볼 수 있는 소중한 기회로 생각해야 하지 않을까 하는 생각이 든다. 선택의 기로에서 다른 사람이 아닌, 마음속 깊은 곳에서 나오는 자신의 목소리를 듣고 깊은 성찰을 통해 결론을 내린다면 분명 그것은 현명한 선택이 될 수밖에 없을 것이다. 나의 삶을 돌아보고 진정 내가 원하고 행복해질 수 있는 삶이 무엇인지 적어도 천 번 이상 본인의 자아에게 질문을 던지고 선택한 답변이라면, 그것은 아마도 하늘이 내려 주신 운명이라고 믿어도 되지 않을까 싶다.

프랑스의 철학자이자 소설가인 사르트르는 "인생은 B와 D 사이의 C다."라고 했다.

B는 Birth, D는 Death, C는 당연히 Chicken이 아니라 Choice이다.

리더를
꿈꾸며
공군사관학교로

탈출을 꿈꾸며

덕에서 요구되는 것은 자기 자신을 지배하는 일이다.
– 칸트

공군사관학교에 입학하고 3일이 지났을 때, 학교생활에 적응을 하지 못하던 나는 잘못된 선택을 한 것 같다는 생각이 들기 시작했다. 관등성명을 계속 외게 하고 바지의 주름이나 벨트의 위치 등 조그마한 용모상의 실수가 있으면 몇 시간 동안 기합을 받았다. 속옷은 자로 잰 듯 반듯이 정리해야 했고 책장의 책 정리하는 것까지 순서가 있었다. 정리정돈이 완벽히 되어 있지 않으면 또 몇 시간 동안 기합 받는 일이 반복되었고, 어떻게 이렇게 비합리적인 곳이 있을 수가 있나 하는 생각이 하루에도 수십 번씩 들었다. 식사나 목욕 등을 위해 건물 밖을 나갈 때는 무조건 뛰어서 이동해야 했고 항상 발을 맞추고 똑같은 구호를 외치며 모두가 똑같은 행동을 해야만 했다. 밥을 먹을 때도 직각 식사라는 것을 해야만 했고, 음식이 흐를 수 있기 때문에 항상 냅킨을 두르고 식사를 해야 했다. 늘 강압적인 말투와 체벌이 함께했고, 아무것도 아닌 일에도 마치 내가 큰 실수라도 저지른 양 크게 야단을 맞아야 했다. 물론 체력적으로도 힘들었지만 정신적으로도 점점 피폐해지기 시작했다. 부산과학고등학교에서 소위 말하는 엘리트 대우를 받다가 지금 여기서 이런 말도 안 되는 일을 당하다 보니 자존감이 바닥을 치기 시작했고 하루하루가 우울해지기 시작했다. 내가 처음 생각했던 것과는 너무 다르다는 생각을 했고 점점 바보가 되어 가고 있는 느낌이 들었다.

공군사관생도를 흔히 영공을 책임질 '보라매'라고 한다. 독수리는 하늘의 강자이지만 머리가 우둔한 데 비해 보라매는 빠르고 영리할 뿐 아니라 흔적을 남기지 않는 철저함까지 가지고 있다. 그래서 공군사관생도를 보라매라고 하고, 1학년들은 그 보라매들의 먹이인 '메추리'라고 부른다. 그래서 1학년 관등성명 뒤에는 항상 '○○○ 메추리'라는 구호가 붙는다. 전 세계의 모든 사관학교가 공통적으로 1학년이 가장 힘들고 적응하기가 힘들다. 아니, 일부러 힘들게 교육을 시키려 한다. 왜냐하면 향후 대한민국 영공을 책임질 장교로서 임무를 완수하는 삶을 살아갈 수 있을지 시험을 하는 시기가 바로 1학년이기 때문이다. 그리고 자기 잘난 줄만 알고 살아온 젊은 청춘들에게 자존감이 바닥으로 떨어지는 경험을 하게 하여, 향후 리더로서의 자격과 역할에 대해 다시 한 번 생각하게 만드는 시기이기도 하다. 지나 보면 이렇게 그 의미가 이해될 때가 있지만, 그래도 그때는 참 힘들고 괴로웠다.

솔직히 말하면, 나는 사관학교 생활에 적응을 잘 하지 못했다. 하루

하루가 괴로웠고, 어쩔 수 없이 이 모든 것을 버티고 있는 내 자신이 싫었다. 이미 마음이 떠났으니 훈련받는 것이 싫어지고, 훈련 성과가 좋지 않으니 더 혼나게 되고, 혼나게 되니 더 학교가 싫어지는 악순환이 계속되고 있었다. 걱정하고 계실 부모님을 생각하며 견디고 또 견뎠지만 3개월이 지나니 더 이상 참을 수가 없었다. 하루하루가 지옥같이 느껴졌고 무엇보다 내가 하고 있는 모든 일들이 무의미하게 느껴졌다. 이제는 학교를 그만두어야겠다는 생각이 들었고 자퇴 상담을 하기 위해 당시 조종사 소령이셨던 중대장님을 찾아갔다. 그리고 힘들어서 못 하겠다는 말은 차마 못 드리고 적성에 맞지 않는다는 말로 포장하여 지금 당장 자퇴를 하겠다고 말씀드렸다. 그때 중대장님은 정말 오랫동안 친절히 나와 상담을 해 주셨고 조금만 더 버텨 보자고 설득을 하셨지만 나 또한 매우 완강했다. 결국 '자퇴하겠다.' '조금만 참아 보자.'라는 대화가 2시간을 넘게 오갔는데, 그렇게 중대장님의 이야기를 듣다 보니 조금 견뎌 볼 수도 있지 않을까 하는 생각이 들기도 했다. 무엇보다, "너는 다른 학생과의 경쟁에 승리하여 그 보상으로 여기에 입학했다고 생각할지 모르겠지만, 사실 조종사가 되고 싶어 하는 다른 학생의 꿈을 대신해서 여기에 와 있다는 것도 인정할 수 있어야 한다."라는 말에 마음이 무겁게 느껴지기 시작했고 내 마음도 조금씩 흔들리기 시작했다.

그렇게 결론이 나지 않은 채로 두 시간 반 정도가 지났을 때, 중대장님께서는 지금 1학년 생활이 힘들어서 그런 생각이 드는 것일 수 있으니, 한 달만 더 참아 보고 다시 이야기해 보자고 협상안을 주셨다. 한 달 뒤에도 자퇴하고자 하는 마음이 든다면 그때는 무조건 학교를 나갈 수 있도록 도와주시겠다고 약속을 하셨다. 중대장님도 매우 완강한 분이셨기에 나 또한 그 말에 동의하고 상담실을 나왔고, 3개월을 참았는데 한 달 더 못 참겠냐는 심정으로 조금만 더 버텨 보기로 했다.

그러나 한 달은커녕 삼 일도 안 되어 다시 중대장님 방을 찾아갔다. 이제 하루도 버틸 수가 없다는 생각이 들었기 때문이다. 그런데 내가 중대장님 방을 찾아갈 때마다 좀 우스운 일들이 발생하기 시작했다. 방금 전까지 분명 방 안에 계셨고 전화하는 소리까지 다 들렸는데, 내가 갈 때마다 항상 중대장님은 방에 없는 척을 하셨던 것이다.

"중대장님 방금 전에 이야기하는 소리 다 들었습니다. 문 여십시오!"

그렇게 중대장님은 계속해서 나를 피하셨고, 복도에서 마주치면 지금은 바쁘니 나중에 다시 이야기하자는 말을 남기시고 서둘러 사라지시기를 반복하셨다. 사실 나는 중대장님의 마음을 이해할 수 있었기에 중대장님을 생각해서라도 조금만 더 참아 보려 했다. 그러나 스트레스는 결국 극에 달했고 급기야 나는 첫 외출 때 학교를 나갔다가 돌아오지 않는 '미귀영'이라는 비행을 저지르고 말았다. 군대는 정해진 시간에 부대에 복귀하지 못하면 탈영이 되어 버리기 때문에 '미귀영'을 한다는 것은 군대에서는 매우 큰 비행 중에 하나로 여겨진다. 결국 나는 사관학교로 돌아왔지만, 중대한 사안인 만큼 상벌위원회가 열렸고 '1급 중'이라는 처벌을 받게 되었다(처벌은 경중에 따라 1급 상, 중, 하 / 2급 상, 중, 하로 나뉜다). 1급 상을 받아도 마땅했지만 중대장님께서 많이 신경 써 주셔서 1급 중으로 처벌을 낮출 수 있었다. 사실 학교를 나가고 싶어서 미귀영을 했는데 1급 중이라는 처벌을 받게 되어 6개월간 외출 금지 명령 및 주말마다 벌칙 보행이라는 명령이 떨어졌다. 생도들은 주말마다 나가는 외출만을 기다리며 하루하루를 버티지만 나는 그 소중한 외출마저도 못 하게 된 것이다.

주말에는 모두가 외출을 나가기 때문에 홀로 남은 사관학교는 정말 무섭도록 적막했다. 나를 괴롭히던 선배들마저도 전부 꿀 같은 외출을 즐기러 나갔고, 나는 홀로 텅 빈 사관학교를 지키게 되었다. 보는 사람이 없으니 편하게 팔자걸음으로 걸어도 보고 내가 좋아했던 하늘공원(사관학교 내 공원)에 가서 책도 읽고 보고 싶은 사람과 전화도 했다. 비록 당장에라도 자퇴하고 싶은 사관학교였지만 이 주말만큼은 정말 이지 편안하고 아늑하게 느껴졌다. 마치 내가 사관학교라는 큰 저택의 주인이 된 것처럼 이곳저곳 어슬렁거렸고 곳곳에서 사진을 찍으며 여유를 즐기기 시작했다. 주위를 살펴보니 사관학교에서 보이는 산, 호수, 운동장, 건물들이 매우 아름답다는 것을 느낄 수 있었고, 그렇게 하루하루 힘겹게 버티다 보니 이제 점차 나도 적응을 해 가고 있구나 하는 생각에 스스로를 대견해하기도 했다.

나는 이 괴로움을 끊을 수 있는 방법은 학교를 나가는 것밖에 없다고 생각했다. 그리고 늘 '수능부터 다시 시작하면 되니까. 다시 되돌리면 되니까.' 하고 위안을 했다. 항상 지금의 선택은 되돌릴 수 있다고 생각했고 늘 다시 선택의 순간으로 돌아갈 수 있다고 생각했다. 그러나 그때의 나는 '도망쳐서 도착한 곳에 낙원이란 있을 수 없다.'라는 그 단순한 진리를 잊고 있었던 것 같다. 사실 나는 무엇이 나를 괴롭게 하는지에 대한 이유를 찾지도 못한 채 그저 도망치려고만 했다. 나를 힘들게 하는 것이 있다면 그것을 고치면 되는 것을……. 무엇이 괴로운지도 모르기 때문에 그냥 도망치고 싶을 뿐이었다. '새롭게 시작하면 된다.'라는 말로 내 선택을 포장하긴 했지만, 사실 돌이켜보면 그곳 생활이 힘들어서 도망가는 것 그 이상도 이하도 아니었다. 당당하게 그 괴로움과 마주하지 못하고 일단 회피하고 싶었을 뿐이었던 것이다. 지독한 것 하나만은 누구에게도 지지 않는다고 생각했던 내가 사실은 점점 비겁한 도망자가 되려 하고 있었던 것이다.

주말에 내가 좋아했던 호수공원에서 잔잔한 호수를 바라보다 보면 한 번씩 중대장님이 하신 말씀이 귀에 맴돌기 시작했다.

"머리도 좋은 놈이……. 나 같으면 죽도록 해서 일단 사관학교 수석이라도 하고 그 다음 멋있게 자퇴서 던지고 뒤도 돌아보지 않고 나가겠다."

자존심 강한 나를 자극하는 말씀이기도 했지만, 또 내 승부욕에 불을 지피는 말씀이기도 했다. 오로지 저 말 때문이었다고는 할 수 없지만, 그래도 내 마음속에 '사관학교 수석'은 한번 해 보고 싶다는 마음이 들기 시작했고, 이제 다시 한번 시작해 볼까 하는 마음이 꿈틀대기 시작했다.

'사관학교에서 수석하면 부모님도 얼마나 좋아하실까?'

그렇게 새로이 만들어진 목표가 방황하던 내가 원래의 자리로 돌아올 수 있도록 길을 안내해 주기 시작했던 것 같다.

적성에 맞는 것은 있지만
적성에 맞지 않는 것은 없다

신이 아닌 이상 원하는 것만 할 수 없다.
– 작자 미상

어렸을 때 하루 12시간 이상 미싱을 돌리고 있는 어머니에게 이런 질문을 한 적 있다.

"엄마 미싱 재밌어?"

"세상 사람들 중에 자기 좋아하는 일만 하고 사는 사람이 몇 명이나 있겠니? 그냥 참고 하는 거지."

어렸지만 그 말이 오래도록 뇌리에 남았다. 나는 적성이라는 것이 있다고 생각한다. 그 일을 하고 있을 때는 참 즐겁고 신이 나며 누구보다도 잘할 수 있는 그런 일……. 그런 것을 찾았다면 그것은 분명 적성에 맞는 일일 것이다. 그러나 그렇게 쉽게 생각할 수만은 없는 것이, 그렇게 되어 버리면 그 일을 제외한 다른 일은 적성에 맞지 않는 일이 되어 버린다. 적성이 맞는 일이 있다는 것, 그것은 사실 적성에 맞지 않는 일이 너무나도 많다는 것을 증명해 버리는 꼴이 되어 버리기 때문이다.

그러나 세상을 살아가다 보면 원하는 일보다 원치 않는 일을 해야 할 때가 더 많이 있다. 적성에 맞는 일이 무엇인지 제대로 알고 있는 사람이 있다면, 어쩌면 그 사람은 다른 사람들보다 오히려 더 힘들어지게 될 수도 있다. 하루에도 몇 번씩 '나는 적성에 맞지 않는 일을 왜 자꾸 해야 하나. 나는 내가 하고 싶은 것만 하면 안 되나.' 하고 한탄하게 될 테니…….

그래서 나는 이렇게 생각하기로 했다.

'적성에 맞는 일은 있지만 적성에 맞지 않는 일은 없다.'

나는 사관학교의 무엇이 나를 이토록 힘들게 하는지 그 원인에 대해서 분석하기 시작했다. '체력 때문에 힘든 것은 아닌 것 같고 공부 때문에 힘든 것은 더더욱 아니고.'

사실 나는 이미 정답을 알고 있었다. 그것은 바로 사관학교에서 하고 있는 모든 것들이 의미 없다고 생각하고 있는 내 마음이 가장 큰 문제라는 것이었다.

'왜 이렇게 각을 맞춰서 속옷을 정리해야 하지? 왜 이렇게 아무것도 아닌 일에 내 아까운 시간을 투여해야 하는 거지? 왜 발을 맞추어 걷고 똑같은 행동을 해야 하고 소리를 꽥꽥 질러 대야 하지?'

처음에 나는 괴로운 일이 생겼을 때, 무엇이 나 자신을 진짜 괴롭게 하고 있는지 원인을 찾지 못하고 마냥 괴로워하고 도망치고자 했었다. 그러나 단순히 도망치려고만 해서는 근본적인 문제를 해결할 수가 없고 괴로움에서 벗어나기도 어렵다고 생각한다. 내 자신에게 묻고 또 물으며 내가 힘들어하는 진짜 원인을 찾았을 때 그 문제를 근본적으로 해결할 수 있는 실마리도 찾을 수가 있는 것이다. 내가 괴로워하는 원인이 '사관학교 관습에 대해 의미를 부여하지 못하는 것'이라는 원인을 알게 되었을 때, 그때부터 나는 내 자신에게 자기 암시를 하기 시작했다.

"이것은 이런 이유가 있을 거야. 저것은 분명 이런 식으로 나에게 도움이 될 거야. 이런 것도 못 하면서 수석을 할 수가 없잖아. 일단 조그만 것부터 잘하고 보자."

물론 삶의 태도가 하루아침에 바뀌지는 않는다. 그러나 이런 노력들로 인해 나는 조금씩 긍정적으로 변해 갈 수 있었고, 무엇보다 중요한 것은 내 괴로움을 조금이라도 줄일 수가 있었던 것이다. 점차 칭찬받는 일도 생기기 시작하면서 가슴 뿌듯한 순간도 생기게 되었고 조금씩 내 자신이 변화해 가는 것을 느낄 수가 있었다.

분명 나도 잘하는 것이 있었다. 바로 공부와 사격, 운동이었다. 나는 고등학교 재학 시절 이미 대학 1학년까지의 과정을 다 배웠었기 때문에 공부에 대한 부담은 전혀 없었다. 특히 공군사관학교는 물리 수업이 어렵기로 소문났었는데, 가끔 물리 시험에서 과락을 맞아 학교를 나가게 되는 생도들도 더러 있었다. 지금도 사관학교에 전설처럼 남아있는 것이 있는데, 그것은 당시 내가 물리 시험에서 100점 만점에 147점을 받았던 일이다. 그런 점수가 가능했던 이유는 일단 내가 주관식 문제를 여러 가지 방식으로 풀이를 해서 가산점을 받은 것도 있었지만,

그보다는 당시 평균이 26점이라 그렇게 되면 많은 생도들이 과락을 면할 수가 없기 때문에 30점 이상을 plus해 줬기 때문이었다. 그 사실이 알려지면서 나는 학교 내에서 금방 유명해질 수 있었고 적어도 공부에서만큼은 많은 사람들에게 인정받기 시작했다. 사실 물리뿐 아니라 타 과목에서도 우수한 성적을 보였기 때문에 교수님, 훈육장교, 선배들에게 점점 인정받기 시작하였고 내 사관학교 생활도 점점 재미있어지기 시작했다.

리더십은 길러지는 것이다

거천하지광거, 입천하지정립, 행천하지대도, 득지 여민유지, 부득지 독행기도, 부귀불능음, 빈천불능이, 위무불능굴, 차지위 대장부.
(居天下之廣居, 立天下之正立, 行天下之大道, 得志 與民由之, 得志 獨行其道, 富貴不能淫, 貧賤不能移, 威武不能屈, 此之謂 大丈夫)
– 맹자 대장부가

사관학교를 한마디로 표현하자면 '리더를 양성하는 학교'라고 할 수 있을 것이다. 국방과 안보는 한 국가의 존속을 위한 가장 중요한 요소 중 하나라 할 수 있고 사관학교는 그 국방을 책임지고 리더가 될 장교를 양성하는 곳이다. 그렇기 때문에 사관학교 교육의 핵심은 리더십이라고 할 수가 있고 많은 교육이 리더십에 집중되어 있다. 나는 사관학교 출신들이 리더십이 탁월하다고 인정받는 큰 이유 중 하나가 바로 이미 학교생활 속에서 자신도 모르는 사이에 자연스럽게 리더로서의 경험을 수없이 하게 되기 때문이라고 생각한다. 발표나 연설을 할 기회, 지휘를 할 기회, 교육을 할 기회 등 항상 사람들 앞에 서서 리드를 할 수 있는 기회를 끊임없이 제공한다. 자연스럽게 사람들을 리드하고 지휘해 나가면서 생도들은 점점 사람들 앞에 서는 것에 대한 거부감이 없어지고 당당함과 태연함을 유지하게 된다. 부끄러워도 고개를 숙이지 않고 시선을 자연스럽게 사람들과 나누며 혹시 실수가 있더라도 끝까지 평정심을 유지하면서 리더로서의 역할을 다한다. 리더십에 대한 이론적인 교육도 많이 하지만, 실제로 몸으로 체득할 수 있는 경험의 기회를 계속해서 주기 때문에 사관생도들의 리더십은 나날이 발전할 수 있는 것이다.

'사람들 앞에 서는 것은 내 적성이 아니다. 나는 그냥 조용히 있는 것이 좋다. 저 사람은 왜 저렇게 나대지?'

사람들은 흔히 이런 이야기를 하며 적극적인 사람을 비난하기도 한다. 그리고 또 어떤 사람들은 '나도 사람들 앞에서 당당하고 싶은데.' 하는 열망을 마음속으로만 갖기도 한다. 내가 사관학교 리더십 교육을 통해 느낀 것은 '리더십이라는 것은 타고나는 것이 아니라 후천적으로 교육 받고 길러진다.'라는 것이다. 나는 내 동기들이 처음 사람들 앞에 섰을 때 고개를 못 들고 말도 더듬거리며 청중들이 웃으면 금방 얼굴이 빨개졌던 그 모습들을 기억한다. 그리고 정말 저 친구가 지휘를 하고 명령을 내릴 수 있는 장교가 될 수 있을까 하고 걱정했던 동기들도 많다. 그러나 사관학교에서 자의든 타의든 계속해서 사람들 앞에 서는 연습을 하면서 점점 리더로서의 모습을 갖추어 가게 되었고, 당장 2학년만 되어도 그 눈빛에서부터 카리스마를 느낄 수가 있게 되었다.

'리더십은 길러지는 것이고 교육과 실습을 통해 함양될 수 있다.'

나는 사관학교에서 내 동기들이 점점 발전하는 모습을 실제로 봤기 때문에 이렇게 단언할 수 있다.

사람들 앞에 서거나 리드를 할 수 있는 기회가 있을 때, 우리는 그 기회를 오히려 감사해하며 계속해서 경험을 쌓아 나가야 한다. 특히 어렸을 때부터 그런 기회에 많이 노출시켜 사람들 앞에 서는 것을 당연하게 받아들이게끔 교육해야 한다. 왜 저 사람은 저렇게 나댈까 하고 비난하는 것이 아니라 나설 수 있는 당당함과 자신감을 부러워하는 문화를 만들어야 하는 것이다. 나는 언젠가 학교를 세우고 싶은 꿈이 있는데, 만약 그것을 실현할 수 있게 된다면 우리 학교의 리더십 교육만큼은 사관학교의 커리큘럼처럼 진행하고 싶다.

그리고 주어진 사관학교 수석의 명예

노력을 이기는 재능은 없고 노력을 외면하는 결과도 없다.
- 이창호

그렇게 조금씩 변해 갔던 나는 공부도, 내무 생활도, 훈련도 진심으로 최선을 다하기 시작했다. 수석을 하겠다는 확고한 목표가 생기니 더 열심히 하게 되고, 성과가 좋으니 더 힘을 내게 되어 드디어 긍정적인 사이클로 들어오기 시작한 것이다. 욕을 먹는 일보다 칭찬받는 일이 더 많아졌고 도움을 받는 일보다 내가 도움을 주는 일이 더 많아졌다. 조금씩 1학년 생활이 편해져 가는 것을 느꼈고 가끔씩은 재밌다는 생각도 들기 시작했다. 그렇게 6개월 정도 시간이 흘렀을 무렵 나는 당당히 '사관학교 수석'이라는 명예를 얻게 되었다.

학교에서 수석을 하는 것은 그전에도 여러 번 있었던 일이었지만 사관학교 수석이 주는 느낌은 많이 달랐다. 그 감동과 기쁨은 지금도 잊을 수가 없다. 사관학교는 공부만 잘한다고 수석이 될 수 없다. 내무 성적, 훈련 성적, 동기생 평가, 선배들 평가, 훈육관 평가를 종합적으로 합산하여 성적을 결정한다. 공부로만 평가를 받는 것이 아니라 전인적으로 평가하여 그 결과를 산출하는 것이다. 막 방황기에서 벗어나고 있었던 상태였기 때문에 내무 성적 및 훈육 성적 등은 좋지 않았을 것이라 생각했는데, 그래도 시간이 갈수록 점점 좋아져 결국 학업 성적 1등, 전체 성적 1등으로 수석의 명예를 얻을 수 있게 되었다.

토요일 오전, 전 생도가 예복으로 갈아입고 운동장으로 모였고 나는 단상에서 모든 생도들이 지켜보는 가운데 교장님으로부터 포상을 받았다. 상장 및 부상 그리고 내 왼쪽 가슴 위에 우수생도 휼장이 주어졌다. 공군 중장이신 교장님께서 직접 달아 주셨는데, 아직도 그 떨림을 잊을 수가 없다.

우리는 공부 잘하는 친구들을 보면서 '저 친구는 머리가 좋으니까.' 하고 쉽게 생각해 버린다. 그리고 그 성적 뒤에 가려진 그의 끊임없는 수고와 노력은 보지 않게 된다.

"머리가 좋으니까. 쟤는 조금만 해도 되니까."

반대로 얘기하면 '나는 머리가 나쁘니까 어쩔 수 없지.' '나는 쟤랑 다르니까 공부 말고 다른 것을 찾아봐야지.' 하고 쉽게 포기해 버린다. 나 또한 사람들로부터 '쟤는 천재니까.' 하는 소리를 많이 들었던 사람이었고, 오히려 천재처럼 보이기를 원했던 적도 있다. 열심히 노력하고도 별로 공부 안 한 것처럼 그리고 대충 해도 좋은 성적을 받는 것처럼 보이려고 노력했던 적도 있다. 그러나 이제 나는 누군가가 좋은 성적을 거두었다고 하면 그의 재능과 천재성이 아니라 그 뒤에 숨겨진 수많은 땀과 노력이 보이기 시작한다. 시험에서 일등을 했든, 올림픽에서 금메달을 땄든, 연구를 통해 노벨상을 받았든 간에, 우리가 진정으로 박수 쳐줘야 할 것은 눈으로 보이는 그 상이 아니라 그 사람의 몰래 흘린 눈물과, 끈기, 인내, 노력인 것이다. 그 사람들은 단순히 신으로부터 부여받은 선물 같은 재능을 누리고 있는 사람들이 아니다. 노력하고 또 노력하여 '결과는 노력을 외면하지 않는다.'라는 사실을 입증하며 하루하루 최선을 다해 살아가고 있는 사람들인 것이다.

나는 왜 미 공군사관학교에 갈 수 없는가

늘 원대한 포부가 나를 인도하고,
깊은 사상이 나의 행동을 인도해야 한다.
– 쇼펜하우어

자신의 자리에서 최선을 다하다 보면 새로운 길이 마법처럼 나타날 때가 있다. 원래 내 계획은 일단 사관학교 수석을 하고 2학년이 되면 멋지게 자퇴해서 사관학교 전설로 남는 것이었고 이제 그 목표를 거의 이루어 갈 때였는데 변수가 생기고 말았다. 아니, 내가 일 년간 열심히 노력한 대가로 나의 선택지가 하나 더 늘어나게 된 것이다. 사관학교는 매년 성적이 좋은 생도를 선발하여 미국과 일본 사관학교에 유학을 보낸다. 국제적 감각을 지닌 장교를 양성하고 향후 군사 외교의 중심으로 키우기 위해서이다. 1학년 생활 중반이 넘도록 나는 그 사실을 몰랐다. 어느 날 복도에서 우연히 선발 공고를 본 후 뒤늦게 해외 유학의 선택지가 있음을 알고 진심으로 고민하게 되었다. 무엇보다 중대장님께서 강력히 추천해 주시기도 했다. 내가 처음부터 가고자 했던 길은 아니었지만 가족들과 깊은 대화를 나누며 2주 정도 고민한 끝에 나는 결국 미 공군사관학교에 도전해 보기로 결심을 하였다. 이곳을 떠나 보고 싶은 마음도 컸고 새로운 세상을 보고 싶기도 했다. 물론 국비유학에 생활비까지 받을 수 있는 정말 좋은 기회이기도 했다. 선발 과정을 거쳐야 했지만 전체 수석을 했던 내가 제일 유리했고 선발 항목들도 자신이 있었다. 아직 결과는 나오지 않았지만 나는 이미 선발된 거나 다름없다고 자축하는 자만심을 보이기도 했다.

그러나 세상은 내가 생각한 대로 호락호락하게 흘러가지 않았다. 선발 항목에는 내 눈을 의심할 만한 조건이 하나 있었다.

'미 공사는 시력이 좋은, 조종 가능 요원들 중에서만 선발하겠습니다.'

나는 중학교 때부터 밤늦게까지 공부하는 것이 습관이 되어 있었고 당연히 시력이 좋을 리가 없었다. 나는 조종사가 될 수 있는 시력 조건을 통과하지 못했고 결국 미 공군사관학교에 진학할 수 없게 되었다. 다른 것도 아니고 눈 때문에 지원조차 할 수 없다는 사실이 매우 화가 났었다. 중대장님, 대대장님 그리고 공군 준장이셨던 생도대장님까지 찾아가서 조건을 풀어 달라고 주장을 했다. 그때는 어떻게 그런 용기가 났었는지(당시 생도가 장군님을 찾아가는 것은 상상할 수도 없는 일이었다). 물론 나의 노력에도 규정을 바꿀 수는 없었고 결국 나는 미 공군사관학교에 진학할 수가 없었다.

지금 생각해 보니, 미 공군사관학교에 왜 조종 자원만 보내야 했는지 이해가 된다. 그렇지만 당시 어린 나에게는 그것은 명백한 차별로 느껴졌고 고쳐야 할 악습이라고 생각됐다. 아니, 그냥 내가 미 공사에 진학하지 못하는 것이 싫었고 그것을 받아들이기가 어려웠었다.

노력은 했지만 규정을 바꿀 수는 없었다. 결국 차석을 하게 되었던 동기가 미 공사를 가고 나는 우여곡절 끝에 일본 사관학교로 진로가 결정되었다. 그렇게 최선이 아닌 차선을 선택하게 된 것이다.

그것이 내 인생 최고의 선택 중의 하나였음을 그땐 알지 못한 채…….

일본 사관학교 입학
그리고
국가 대표라는 자부심

폭언과 구타에 좌절하며

가장 최고의 전술은 싸우지 않고 승리하는 것이다.
- 손자병법

그렇게 나는 일본 사관학교에 2학년으로 편입을 하게 되었다. 원래 일본 사관학교는 한국 육, 해, 공 사관학교에서 각 1명씩, 총 3명의 한국 생도들의 입학을 허락하지만, 그해는 나 혼자 일본 사관학교에 입학하게 되었다. 그래서 나는 내 스스로를 국가 대표라고 생각할 수밖에 없었고, 내 행동 하나하나가 우리나라를 대표한다는 사명감을 가지고 일본 생활에 임해야만 했다. 비록 미 공사에는 진학하지 못했지만, 그래도 나름대로의 부푼 기대감을 갖고 일본 사관학교에 입학하였다. 그러나 사실 일본 사관학교는 내 예상과는 많이 달랐다. 일단 일본은 통합 사관학교로 육, 해, 공군이 함께 생활하고 있었고(2학년 때부터 군이 나뉜다) 우리보다 시설이나 시스템적인 면에서 더 뛰어날 줄 알았는데 사실 더 낙후되어 있는 면도 없지 않았다. 그러나 한 가지 마음에 들었던 것은 학문적인 면을 한국 사관학교보다 더 강조하고 있어서 좀 더 학구적인 분위기를 느낄 수 있었고, 특히 항공우주공학이나 국제관계학은 일본 전체 대학 내에서도 높은 수준을 유지하고 있었다.

처음 일본 생활은 그리 호락호락하지 않았다. 일본 음식은 싱겁고 기름진 편인데, 나는 경상도의 맵고 짠 음식에 길들여져 있다 보니 일단 음식이 잘 맞지 않았고 장염까지 겹치면서 살이 점점 빠지기 시작했다. 그리고 무엇보다 미 공군사관학교를 목표로 영어만 준비하고 있었기에 일본어에 대한 준비는 거의 되어 있지 않았고 말이 통하지 않았기 때문에 매우 답답하고 힘들었다. 겨우 인사말 및 간단한 회화 정도만 외우고 일본으로 건너갔으니, 그 결과는 불 보듯 뻔할 수밖에 없었다.

일본 사관학교에서는 3월에 2학년을 대상으로 한 달간 '조정 훈련'을 진행한다. 일본어로 '캇타(カッター) 훈련'이라고 하는데, 특히 일본 해군의 전통 있는 훈련으로, 한 달 동안 각 중대가 한 팀이 되어 노를 젓는 조정 훈련을 받은 다음에 마지막에 중대별로 대항을 하여 그 결과에 따라 신상필벌을 하는 훈련이다. 일본 사관학교에서 내에서는 가장 힘든 훈련으로 이 훈련을 견뎌야만 2학년으로 인정받을 수 있기 때문에 1학년 생활을 마무리 짓고 당당히 2학년 생활을 시작할 수 있는 매우 의미 있는 훈련이라 할 수 있다. 그렇기 때문에 이 기간 동안만은 암묵적으로 폭언과 구타가 허용이 된다. 한국 사관학교에서는 여생도가 들어온 이후로 구타는 완전히 사라졌고, 만약 구타 사건이 있으면 학교 차원에서 처벌이 가해지게 된다. 물론 일본에서도 구타는 거의 없어진 상태였지만 이 캇타 훈련 기간만은 구타가 음성적으로 허용이 되었다.

음식도 맞지 않고 언어도 통하지 않는데 오자마자 캇타 훈련에 구타라니……. 아무리 국가 대표라는 자부심과 한번 해 보겠다는 굳은 의지를 갖고 일본으로 건너왔지만 첫 한 달은 오히려 한국 사관학교 1학년 생활보다도 훨씬 힘들고 고통스러웠다.

그리고 그중에서도 나를 가장 힘들게 했던 것이 바로 구타였다. 나는 중학교 이후로 누군가에게 폭력을 당해 본 일이 없었다. 싸움도 곧잘 했었고 선생님이나 부모님께 맞는 일도 거의 없었으며 무엇보다 누구한테 맞을 일은 만들지 않았다. 그러나 21살, 국가 대표로 가장 자존감이 높았던 시기에 나는 일본에서 구타라는 치욕을 맛보게 되었다.

기본적으로 사관학교 자체가 합리성을 중시하는 곳이기도 하고 반복되는 인성 교육을 통해 혹시 악한 사람이 있다 할지라도 바른 사람으로 다듬어지게 만드는 곳이기도 하다. 내가 느낀 일본 사관학교 또한 매우 합리적인 곳이었고 생도들 및 훈육관들도 누구보다도 인간적이었다. 그러나 단 한 사람, 나를 싫어했던 4학년 선배가 있었다. 나는 매일 이지메 아닌 이지메를 당하기 시작했다. 발단이 되었던 것은 단 하나. 내가 대답을 잘 하지 않는다는 이유였다. 사실 나는 변명을 할 수 있다.

혹시 전혀 알아듣지 못하는 나라의 언어에 노출된 적이 있는가? 정말로 단어 하나도 알아들을 수가 없다면, 저 사람이 지금 하고 있는 말이 질문인지 대답인지도 구분할 수가 없다. 문장이 끝이 난 건지 잠시 쉬는 것인지조차 구분할 수 없다. 즉, 질문인지 아닌지조차도 구분이 안 되었기 때문에 당연히 대답은 할 수가 없었고, 언제 대답해야 하는

지 타이밍도 잡을 수가 없었다. 대답을 안 하고 있는 것이 아니라 못 하고 있었던 것이다. 그런 모습이 그 선배에게는 반항하는 것처럼 보였고, 눈이 작아 눈을 치켜뜨고 있을 뿐인데 불만이 있는 것처럼 보였는지 눈빛은 또 왜 그러냐는 등의 이유로 나를 괴롭히기 시작했다. 그 선배는 뭔가 구타를 하는 것도 좀 특별했다. 보통 구타를 할 때는 화를 풀기 위해 상대에게 고통을 가하려 하거나, 아니면 그 분을 이기지 못해 나도 모르게 주먹이 나가는 것이 일반적인 경우다. 그래서 보통 상대 앞에서 말을 하다가 앞쪽에서 구타를 가하게 되는 것이 보통이다. 그러나 그 선배는 항상 말을 하다가 구타를 해야 하는 타이밍이 되면 항상 뒤쪽으로 갔다. 그러고는 항상 예상치 못한 순간에 갑작스럽게 다리를 발로 차서 넘어뜨렸고 일어서려고 하면 다시 발로 차서 넘어뜨리고 또 일어서려고 하면 발로 차서 넘어뜨리는 식의 폭력을 반복하였다. 자신의 분을 이기지 못해 때리는 것이 아니라 덩치 큰 놈이 일어서려고 바보같이 허둥지둥하는 모습에서 쾌감을 느끼며 즐기고 있는 듯한 느낌을 주었다. 치욕과 분노에 나도 모르게 눈물이 났고 정말 죽여버리고 싶을 정도로 그 선배가 싫었다.

2주 정도가 흘러 내 자존감이 무너져 도저히 참을 수 없을 것 같은 상태가 되자, 나는 그 선배를 박살내 버리고 한국으로 돌아가야겠다고 결심을 했다. 그리고 마지막으로 어머니에게 전화를 걸었고 내 생각을 말씀드리고 양해를 구하고자 했다.

"그래. 우리 아들 잘 지내고?"

그때 잘 지내냐는 어머니의 말에 왜 그렇게 눈물이 났었는지. 자꾸 눈물이 나서 잘 지낸다는 대답을 하기까지 꽤 오랜 시간이 걸렸던 것 같다. 이상한 낌새를 느끼셨는지 어머니는 무슨 일이 있냐는 질문을 계속 하셨고, 그렇게 나는 아무 말도 못 한 채 전화를 끊을 수밖에 없었다.

"우리 아들. 열심히 하고……."

지금도 왜 부모님들은 늘 열심히 하라고만 하시는지 모르겠다. 그 말을 들은 아들은 또 참고 견딜 수밖에 없다는 것을 알고는 계시는지…….

그렇게 나는 또 마음을 부여잡을 수밖에 없었고 내 계획을 실행에 옮기지 못했다.

나는 폭력에 대해서 그전까지 그리 깊게 생각해 본 적이 없다. 내가 폭력을 구사할 일도, 내가 당할 일도 없다고 생각했고 나와는 매우 먼 일이라 생각했기 때문이다. 그러나 직접 폭력을 당해 보니 정말 삶 자체가 피폐해지는 비참한 기분을 절실히 느낄 수 있었다. 사람이 무서워지고 비관적인 생각을 하게 되며 무엇보다 마음속에 증오가 넘치게 된다. 소위 말하는 지옥이 내 마음속에 펼쳐지고 있는 것이다. 폭력은 인간의 존엄성을 직접적으로 손상시키는 가장 잔인한 행위이기에 절대 인간이 인간에게 가해서는 안 된다는 그 말을 뼈저리게 느낄 수 있었다. 그 어떤 이유를 막론하고 폭력은 행해져서는 안 된다는 사실을 경험을 통해 절실히 느낄 수 있었다.

내가 4학년이 되었을 때, 이제 내가 2학년들에게 캇타 훈련을 시키는 입장이 되었다. 그리고 나는 그 어떤 순간에도 폭력은 절대 행사하지 않았다. 왜냐하면 내가 나를 구타했던 4학년 선배에게 해 줄 수 있는 최고의 복수가 '나는 굳이 폭력이 아닌 다른 방법으로도 후배들을 잘 교육할 수 있다.'라는 것을 보여 주는 것이라 생각했기 때문이다. 또 그것이 그 선배가 틀렸다는 것을 증명하는 것이었기 때문이다.

선배는 졸업할 때쯤 다시 나에게 말을 걸어 왔고 사과인 듯 아닌 듯 애매한 말로 사과를 했다. 그러나 나는 그 사과를 받아 주지 않았다. 일단 진심이 느껴지지 않았으며 또한 사과를 받아들이기에는 폭력에 의한 상처가 너무 컸기 때문이었다.

국경을 초월한 우정

진실 된 우정이란 느리게 자라나는 나무와 같다.
- 조지 워싱턴

캇타 훈련 한 달을 무사히 넘기고, 이제 본격적인 일본 생활이 시작되었다. 정확히 말하자면 비로소 제대로 된 2학년 생활이 시작된 것이다. 캇타 훈련 한 달과는 완전히 다른 새로운 세상이 펼쳐졌다. 그동안 나를 힘들게 했던 많은 것들을 우리 불쌍한 1학년들이 짊어지게 되었고, 우리에게는 1학년 때와는 다른 여유 있는 삶이 허락되었다. 그리고 학교에 있는 모든 이들의 관심도 이제 1학년을 향하고 있었기 때문에 여러 가지 시선에서 자유로울 수 있었다. 이제 좀 더 즐겁고 행복한 유학 생활이 시작되려 하고 있었던 것이다.

2학년이 되었지만 여전히 나를 가장 힘들게 했던 것은 역시 언어였다. 나는 항공우주공학과를 전공했지만 수업은 수식 말고는 알아들을 수가 없었다. 점호, 훈련 등도 마찬가지였고 친구들과의 일상 대화도 거의 불가능했다. 내가 얼마나 많이 알고 있든 내가 얼마나 똑똑하든지 간에, 나는 그냥 말을 못 알아듣고 말을 하지 못하는 바보일 뿐이었다.

그런 나에게 먼저 다가와 손을 내밀어 준 2명의 소중한 친구가 있다.

'아리타' 그리고 '카키와키'.

아리타는 공군, 항공우주공학과, 클래식 동아리 등 나와 공통된 부분이 많은 친구였다. 키 크고 잘생긴 얼굴에 공부도 잘해서 인기도 많은 친구였다. 카키와키는 같은 공군이라는 것 말고는 공통점이 없었지만 한국에 대한 관심이 있어 나중에 우리가 만든 한국연구동아리 회장까지 했던 친구이다.

말도 제대로 못 하는 나에게 그 두 친구는 먼저 다가와 주었고 나의 모자란 부분을 채워 주기 시작했다. 특히 준비물을 챙겨 오라고 공지를 하면 나는 수첩에 제대로 받아 적지 못해 혼나는 일이 비일비재했는데, 이 두 친구들과 만난 이후로는 그런 일은 없게 되었다. 수업 및 훈련 때 항상 붙어 다녔고 주말에도 함께했으며 항상 서로의 고민 상대가 되어 주었다. 당시 일본어가 서툴다 보니 단어가 빨리 생각나지 않아 말을 할 때 시간이 걸렸고 나는 간단한 대화에도 많이 더듬거릴 수밖에 없었다. 다른 친구들은 아예 나와 말을 하지 않으려 했고 나 또한 그것을 알기에 꼭 필요한 대화 이외에는 피하려고 했다. 그러나 그 친구들은 늘 끝까지 내 말을 들어주었고 잘못된 것이 있다면 하나하나 다시 가르쳐 주었다. 덕분에 내 일본어 실력도 점점 성장할 수 있었고 학업적인 측면에서도 많은 도움을 받았다. 나 또한 2명의 일본인 친구를 진심으로 받아들이기 시작했고 그때부터 시작된 우리의 우정은 아직까지도 지속되고 있다.

나는 이 친구들을 통해 선입견이 얼마나 위험한 것인지 알게 되었다. 일본 사관학교에 오기 전 나는 막연히 일본에 대한 좋지 않은 인식을 가지고 있었다. 일본이 그냥 싫었고 일본인들은 다 나쁜 사람이라고 생각했다. 그러나 아리타와 카키와키를 통해 일본에도 이렇게 좋은 사람들이 있구나 하는 것을 처음으로 느낄 수 있게 되었고 조금씩 내 마음도 열리기 시작했다. 지금 우리처럼, 언젠가 역사를 뛰어넘어 국가 간의 진정한 우정을 쌓아 가는 날도 머지않아 오지 않을까 하는 희망도 가지게 되었다. 물론 아직도 해결되지 않은 문제들이 남아 있고 역사에 대한 깊은 반성과 대화를 위한 노력은 필요하다.

동북아 평화의 시대는 반드시 올 것이라 확신한다. 지금은 각각의 사정이 있지만 언젠가는 미래를 향한 큰 비전으로 하나로 뭉칠 수 있는 날이 올 것이다. 그 변화는 위에서부터가 아니라 아래에서부터 시작될 것이고 거부할 수 없는 자연스러운 물결이 되어 시대정신이라는 이름으로 모두에게 서서히 스며들 것이라 생각한다. 그런 날을 앞당기기 위해서라도 젊은 친구들이 더 우정을 쌓고 서로가 긍정적인 방향으로 나아갈 수 있도록 서로 관심을 갖고 협력해야 한다. 국가가 나를 일본으로 위탁 교육을 보낸 이유이기도 하고, 나와 아리타, 카키와키가 짊어져야 할 사명이기도 하다.

일장기를 달고 국제사관생도회의 의장으로

이런 일은 도저히 불가능하다고 믿는 것은,
결국 그것을 불가능하게 만드는 수단이 된다.
- 위니메이커

사관학교에는 일 년에 한 번씩 열리는 국제사관생도회의라는 행사가 있다. 일본에서 주관하는 행사로 각 나라 사관학교 대표들이 모여 우정을 나누고 국제 현안을 논의하는 매우 중요한 자리이다. 사관학교의 가장 큰 행사 중에 하나이며, 학교 측에서도 많은 지원을 아끼지 않는다. 모든 회의 과정은 당연히 영어로 진행이 되고 때로는 활발한 언쟁이 오가기도 한다. 가을에 열리는 행사로, 여름 즈음에 대표 생도들을 뽑아 한두 달 정도 교육시킨 다음 가을에 회의를 진행하는데, 그 회의 준비 기간에는 학교에서도 지원을 아끼지 않는다.

솔직히 말하면, 나는 영어를 잘 하지 못했고 그런 행사에는 전혀 관심이 없었다. 부산 사나이이기에 어쩔 수 없는 경상도 특유의 억양이 남아 있기도 하고, 일단 혀를 굴리는 것 자체가 부끄럽다는 생각이 들어, 나는 아직도 영어를 할 때 연음을 활용하지 않은 매우 정직한 발음을 구사하고 있다. 한국어도 사투리를 써서 가끔 비웃음을 당하는데 영어로 많은 사람들 앞에서 회의를 진행해야 한다니. 국제사관생도회의만큼은 나와는 전혀 다른 먼 세계의 이야기인 줄 알았다.

그러나 내가 3학년이던 해 여름, 교수님의 추천으로 국제사관생도회의 대표로 선발이 되었다. 그리고 한 달 정도 회의 준비 기간을 거치면서 리더십을 인정받아 의장까지 맡게 되었다. 전 세계 사관생도들이 모여 국제 현안을 무려 영어로 논의하는 그 회의에서 의장을 맡게 되다니. 물론 내가 거부하면 이 모든 것을 안 할 수도 있었지만 무슨 배짱이었는지 나는 결국 국제사관생도회의 의장직까지 수락하게 되었다.

물론 몇 년 전 미 공사를 준비하면서 어느 정도 영어를 준비하기는 했었지만 회의가 가능한 수준은 아니었다. 그때까지도 영어에 대한 두려움이 남아 있었고 일단 영어로 한다고 하면 무조건 나와는 관계없는 이야기로 치부해 버리는 것이 그때까지 내 삶의 태도였다. 그러나 마음 한구석에는 그러한 내 모습을 바꾸고 싶은 마음도 있었던 것 같다. 영어에 대한 두려움이 있는 한 결국 내가 속해 있는 이 좁은 세상에서 벗어날 수 없겠구나 하는 위기감이 들기도 했다. 사람을 제일 중시하는 나로서는 세계 사관학교 생도들과 우정과 친분을 쌓을 수 있는 이 좋은 기회를 놓칠 수도 없었다. 내 능력은 미천하지만 나에게는 두 달간의 준비 기간이 있고 그 기간 동안 지독하게 노력하여 나를 발전시키면 어떻게든 되지 않을까 하는 막연한 의지와 자신감이 그 제의를 수락하게 만들었던 것 같다.

물론 두려웠다. 학교에서도 어마어마한 예산과 지원을 아끼지 않는 매우 중요한 행사였고 한국에서 온 유학생 1명이 모든 것을 다 망쳐 버릴 수도 있는 상황이기도 했다. 그리고 언어의 문제였기 때문에 두 달 만에 기적이 일어난다는 보장이 없었고 그러한 스트레스와 두려움이 나를 힘들게 했다. 실제 회의에서 다른 나라 생도들의 이야기를 잘못 알아듣고 나만 계속 이상한 이야기를 하여 청중들의 비웃음을 사는 악몽을 반복해서 꾸었을 정도로 스트레스가 심했다. 회의 일주일 정도 전부터는 하루하루가 흘러가는 것이 두려웠고 도망을 가 버릴까 하는 생각이 들기도 했다.

두 달간의 준비 기간이 끝나고 그토록 오지 않기를 바라던 그날이 급기야 찾아오고 말았다. 그 전날 밤에는 긴장이 되어 잠을 제대로 자지도 못했는데 신기하게도 당일 아침이 되자 마음이 너무 편해졌다. 그리고 이상하게 알 수 없는 자신감이 내 몸을 감싸기 시작했다. 단 하루 만에 갑자기 왜 그렇게 마음이 편해지고 자신감이 생겼는지는 지금도 알 수가 없다. 그러나 굳이 이유를 찾자면, 아마도 두 달간 정말 열심히 준비를 했기 때문에 그동안의 노력과 고생들이 그제야 나에게 자신감이라는 보답으로 다가온 것이 아닌가 싶기도 하다.

회의도 대성공이었다. 의장으로 회의를 진행하는 내내 전혀 긴장이 되지 않았고 오히려 평소보다 회의 내용도 잘 들렸다. 매끄럽게 회의를 진행해 갔고 여유도 잃지 않았다. 여유가 넘치다 보니 회의장의 분위기뿐만 아니라 객석의 분위기도 신경 쓸 수 있게 되었다. 좀 어려운 이야기가 나와 객석에서 잘 이해하지 못하는 상황이 되면 회의를 잠시 중단하고 중간중간 일본어로 설명을 곁들이기도 했다. 지금 생각해 보아도 기적 같은 일이었다. 한국 생도가 각국 사관생도와 영어로 회의를 진행하고 그리고 객석을 위해 일본어로 통역까지 해 주는 모습……. 자화자찬일지 모르겠지만 나는 내 자신이 정말 멋있게 느껴졌고 무엇보다 그 시간만큼은 가슴 벅차오르는 행복감을 느낄 수가 있었다. 그때 내가 느꼈던 환희와 행복은 아마 평생 잊을 수 없을 것이며 지금도 가슴 뛰는 좋은 추억으로 남아 있다. 그리고 나는 내가 원하던 대로 각국 사관생도와의 우정을 쌓을 수가 있었고 그 경험을 통해 내 스스로가 한층 더 성장할 수 있었다.

그 당시 만약 내가 영어에 대한 두려움을 극복하지 못하고 늘 그래 왔던 것처럼 영어이기 때문에 처음부터 관심조차 가지지 않았다면 나는 그런 영광을 누리지 못했을 것이다. 내 스스로 두려움을 극복하고자 하는 의지가 있었기 때문에 그런 환희의 순간을 느낄 수 있었다고 생각한다. 지금도 나는 영어를 잘 하지 못 하고 사투리 억양도 남아 있다. 그렇지만 이제 더 이상 두려움은 없다. 이제는 그런 기회가 있을 때마다 오히려 적극적으로 나서서 참가를 하곤 한다. 그 순간의 작은 선택 하나가 결국 내 인생을 조금씩 변화시켜 놓은 것이다.

이것은 여담이지만 나는 그날 일장기를 달고 회의에 참석했다.

현대판 나라 잃은 설움이라고 해야 할까?

일단 결론부터 말하자면, 오히려 그 반대였다. 이상하게 들리겠지만 그것은 결국 일본 사관학교 측의 나에 대한 배려였다. 그렇게 중요한 행사의 의장 자리를 타국의 유학생에게 양보하겠는가? 학교에서는 나를 유학생이 아닌 일본 사관학교 생도로 똑같이 대해 주었고 차별 없는 기회를 나에게도 준 것이다. 나도 그 진심을 알기에 받아들일 수 있었다. 일장기를 달고 그 자리에 선 것이 아니라 그 순간만큼은 일본 사관학교 대표 생도로 그 자리에 선 것이었다. 물론 국가 대표로서 내 신념을 잊은 것은 아니었다. 오히려 그 위상을 더 높일 수 있는 기회였기에 더 열심히 할 수 있었던 것 같다.

전교 명예위원장 당선 그리고 이틀 만의 박탈

우리의 인생은 우리가 노력한 만큼 가치가 있다.
- 모리악

사관학교에는 '명예위원장'이라는 근무가 있다. 사관생도들은 명예를 최고의 가치로 여기고 그 명예를 지키기 위해서는 목숨도 불사른다. 이는 세계 사관학교의 전통이기도 한 것으로 명예위원장을 역임하는 것은 말 그대로 사관생도로서는 최고의 명예라고 할 수가 있다. 당연히 일본에도 명예위원장이라는 근무가 있고, 다른 근무는 모두 훈육관들이 임명하지만 전교 명예위원장만큼은 학생들의 총선거로 선출이 된다. 그렇게 투표로 선출된 명예위원장은 학생들의 명예 교육 및 가치관, 국가관 등 생도들에게 필요한 가치관 교육을 시행하게 된다. 한마디로 요약하자면 생도들에게 있어 그 어떤 근무보다도 가장 명예로운 근무인 것이다. 나 또한 1학년 때부터 명예위원장이라는 근무는 꼭 서고 싶다는 생각을 했었고, 4학년이 되면 꼭 도전해 보리라 생각을 했었다. 비록 타국이었지만 나의 도전은 거침이 없었고 3명의 후보가 있었지만 나는 독보적인 득표율로 유학생 최초 일본 사관학교 명예위원장에 선출이 되었다.

내가 일본에서 명예위원장을 하고 싶었던 몇 가지 이유가 있었다. 물론 개인적인 명예도 있었지만, 그보다 중요한 것은 일본 사관학교 생도들도 결국 일본 자위대의 리더가 될 사람들이기 때문에 인성 및 명예 교육이 매우 중요하다고 생각했기 때문이다. 나는 한국 사관학교, 일본 사관학교를 둘 다 경험했기 때문에 국제적인 감각을 가지고 좀 더 합리적인 가치관을 심어 줄 수 있지 않을까 하고 생각했다. 일본 사관학교 생도들에게 좀 더 나은 가치관을 심어 줄 수 있다면 향후 국제관계적인 측면에서 보았을 때도 좀 더 긍정적인 영향을 끼칠 수 있을 것이라 생각했다. 좀 우습게 들릴지는 모르겠지만 그것이 바로 지금 내가 있는 이 자리에서 세계 평화에 조금이나마 공헌하는 일이라고 생각하기도 했다. 5분 정도 되는 후보 연설이었지만 그 진심은 일본 생도들에게도 전달되었고 나는 압도적인 득표율로 명예위원장에 당선되었다.

그러나 막상 내가 당선되고 나니 학교 측에서는 매우 부담이 되었었나 보다. 한 국가의 안보를 책임질 사관생도 그리고 그 사관생도의 중요한 인성 교육을 다른 나라 사관학교 생도에게 맡기게 되다니. 특히나 한국 생도에게 맡기게 되다니. 아마도 학교 측에서는 상당한 거부감이 들었을 것이라 생각한다. 나의 뜻은 한 점 부끄러움이 없었으나 훈육관들이 보기에는 매우 위험하게 느껴졌을 것이고 무엇보다 많이 불안했을 것이다. 내가 당선된 다음 날 학교의 여러 보직 훈육관들의 전화가 빗발치기 시작했고, 간단히 말하면 '좀 자진 사퇴해 줄 수 없겠나?' 하는 요청이 반복되기 시작했다. 그러나 나는 점심시간 때 이미 방송으로 전교생에 대한 당선 연설을 끝낸 상태였고 나와 뜻을 같이할 후배들도 모으고 있는 상태였다. 무엇보다 나를 뽑아 줬던 수많은 생도들의 믿음과 지지가 있는 상태였다. 당연히 그럴 수 없다고 생각했고 그런 진심을 훈육관들에게 전하자 그때부터 훈육관들은 더 바삐 움직이기 시작했다.

그날 저녁 점호가 끝나고 모든 생도가 기숙사에 모여 있을 무렵 스피커를 타고 전체 방송이 흘러나왔다.

"어제 시행했던 명예위원장 선거는 개표 과정의 실수가 있어 무효로 인정합니다. 조만간 재선거를 시행하겠습니다."

그렇게 나는 명예위원장 자리를 이틀 정도 만에 박탈당했고 다음 선거에는 후보 등록조차 할 수가 없었다.

그때는 이해할 수 없었고 많이 분노했었지만 지금 다시 생각해 보면 학교 측의 걱정이 이해가 될 것 같기도 하다. 갑자기 그렇게 마무리 지으려고 했으니 얼마나 다급하고 당황스러웠을까? 어쨌든 나의 의도는 선했으나 사람들에게는 그렇게 보이지 않았나 보다.

여러 사람과 더불어 살아가야 하는 세상이기에 내가 무슨 생각을 하고 있는지도 중요하지만 내 생각이 다른 사람들에게 어떻게 받아들여지는가도 매우 중요한 문제가 되는 것 같다. 만약 내가 사전에 좀 더 적극적으로 훈육관들이나 학교 측에 내 진심을 전달할 수 있었으면 어땠을까 하는 후회가 남기도 한다. 일이 터지고 나서 수습하는 것도 중요하겠지만 내가 계획한 일이 어떤 결과를 초래할지 미리 예측하고 준비하는 것도 매우 중요한 문제인 것 같다. 우리가 항상 남의 눈을 신경 쓰고 살아갈 필요는 없지만 적어도 오해받지 않게 행동할 필요는 있다고 다시 한번 생각하게 되었다. 사람들과의 소통이 언제나 중요하기에 내 진심을 좀 더 효율적으로 전달할 수 있는 의사소통의 기술도 길러야 할 것이다. 내가 다시 한번 그때와 같은 순간에 처한다면 어떻게 하면 될까? 그때는 어려서 분노하기만 했었지만 지금은 좀 더 차분하게 주위 사람들과 내 뜻을 공유하고 설득할 수 있을 것 같다. 비록 명예위원장은 하지 못했지만 많은 교훈을 배울 수 있었고 아마 학교 측도 많은 것을 생각하고 한 단계 더 발전할 수 있는 계기가 되었다고 생각한다. 그 사건을 제외하고는 그 전에도 그 이후에도 나에게 차별은 없었고 그것에 대해서 매우 감사히 생각하고 있다.

취미로 시작한 군악대,
그리고 유학생 최초 군악대장

어느 누구의 지식도 그의 경험을 넘어설 수 없다.
– 록크

일본은 동아리 활동이 매우 잘 발달해 있다. 일본 사람들 대부분이 평생의 취미를 하나씩 가지고 있고, 보통 그 취미는 초등학교에서 대학교, 직장에서까지 오랜 동아리 생활을 계속하면서 유지해 나간다. 오랫동안 지속하다 보니 상당한 실력을 유지하게 되고 실력이 늘면 늘수록 그 취미를 더 깊이 즐기게 된다.

나는 어렸을 때부터 음악을 좋아했다. 그러나 전문적으로 배운 적은 별로 없었고 어릴 적 피아노를 잠시 했던 것이 전부였다. 그래도 항상 음악과 가까이하려고 했었고, 특히 노래 부르는 것을 매우 좋아했다. 굳이 누군가가 취미가 뭐냐고 물으면 지금도 음악이라고 대답하곤 한다.

일본 사관학교에서도 동아리 활동이 매우 중요하기 때문에 나도 동아리 하나를 선택해야 했다. 많은 동아리들이 있었지만 어쨌든 내 취미는 음악이었기 때문에 군악대(오케스트라)에 들어가기로 했다. 한국에서 군악대는 보통 음대를 전공한 사람들 중에 특별히 전문가들만 뽑아서 따로 부대를 운영하는데, 일본 사관학교에서는 생도들 중에 선발하여 동아리로 운영하고 있으니 학생들 실력이 얼마나 뛰어난지 짐작할 수 있을 것이다. 거의 대부분의 학생들이 10년 이상 악기를 해 왔고 다른 전문 오케스트라만큼 수준이 높았으며 무엇보다 프로처럼 연습도 열심히 했다. 나는 피아노를 조금 칠 수 있는 것 말고는 다룰 줄 아는 악기가 없었지만 호기롭게 군악대에 지원을 했다. 지원 파트는 색소폰으로. 이유는 간단했다. 색소폰을 할 줄 알면 좀 멋있을 것 같다는 막연한 동경에서였다. 그러나 색소폰은 항상 치열한 경쟁이 있는 자리라 당연히 나는 탈락했고 내 최종 악기는 플루트가 되었다. 물론 나는 플루트 또한 불어 본 적이 없다. 그러나 4학년이던 동아리 대표에게 꼭 군악대를 하고 싶다고 부탁을 했고 아마도 유학생 배려 차원에서 나에게 입단 자격을 줬었던 것 같다. 어쨌든 그때부터 나는 플루트를 배우기 시작했고 점점 그 매력에 빠져들어 갔다. 주말에는 어느 정도 여유가 있었기 때문에 하루 종일 연습을 하는 날도 있었으며 동아리 활동과 별도로 기숙사에서까지 연습을 지속하기도 했다. 새로 시작한 플루트라는 악기가 좋았고 여러 가지 독창곡들을 자율적으로 연습하기 시작했다. 플루트를 불고 있는 그 순간이 매우 좋았고 좋아하는 것을 하고 있었기에 그렇게 조금씩 실력도 늘고 있었다. 물론 그 전부터 해 왔던 다른 친구들에 비하면 형편없는 실력이었지만 분명 하루하루 발전하고 있었다.

그리고 4학년이 되었을 때 꿈만 같게도 나는 군악대장에 선출될 수 있었다. 이 또한 4학년 학생들의 투표에 의한 것이었다. 물론 나는 1~4학년 모든 동아리 부원들 중에 음악적 실력이 제일 뒤떨어진다고 할 수 있었다. 3년째 플루트 연습을 하곤 있지만 10년 이상 악기를 해 온 신입생들보다 실력이 떨어진 것이 사실이었다. 그러나 항상 열심히 하고 사람들을 잘 이끌며 무엇보다 항상 궂은일을 도맡아 했던 나의 노력이 우리 부원들에게도 감명을 줬던 것 같다. 군악대장은 음악 실력도 중요하지만 부원들을 이끌어 가는 리더십도 중요한 자리였고 감사하게도 그런 점에서 나는 동기들의 인정을 받아 군악대장이라는 중책을 맡을 수 있었던 것 같다.

우리에게 가장 큰 행사는 개교기념일 퍼레이드였다. 개교기념일 때는 일본의 유명 정치 인사들뿐 아니라 각국 대사관 무관들 그리고 부모님 및 가족들이 학교를 방문한다. 개교기념일의 메인 행사는 퍼레이드였고 우리 군악대는 제일 먼저 입장하여 메인 단상 바로 앞에 위치하여 연주를 진행하고 퍼레이드에서 제일 늦게 퇴장을 한다. 군악대의 등장이 퍼레이드의 시작을 알리는 것이며 군악대의 퇴장이 메인 행사의 끝을 알리는 것이다. 그리고 모든 퍼레이드 부대가 메인 단상을 통과할 때쯤, 즉 사람들에게 가장 잘 보일 무렵 그 부대 대장의 출신 학교와 이름을 장내 아나운서가 모두에게 소개해 주는 것이 사관학교의 전통이기도 하다.

내가 지휘봉을 하늘 위로 들었을 때 우렁찬 트럼펫 소리가 흘러나왔고 그렇게 퍼레이드는 시작되었다. 나의 휘슬 소리에 우리 군악대는 큰 북에 맞추어 왼발부터 움직이기 시작했고 메인 행사의 시작에 사람들의 큰 박수가 흘러 나왔다. 그리고 사열대를 통과할 때쯤 나는 지휘봉을 돌리며 사열대에 경례를 했다. 그리고 장내에 아나운스가 흘러나왔다.

“군악대장은 대한민국 부산 출생, 한국 공군사관학교 출신 김계현 생도.”

외국인의 이름이 울려 퍼지자 장내에는 우레와 같은 박수와 함성이 쏟아져 나왔다. 다시 한번 벅찬 환희가 느껴졌고 지휘봉은 하늘을 향해 더 역동적으로 움직이기 시작했다. 또 하나의 잊을 수 없는 추억이 완성되는 순간이었다. 나는 그렇게 개교기념일의 가장 인기 있는 유명인사가 되었고 대사관 무관님들뿐만이 아니라 학생들의 부모님에게까지도 오랫동안 회자되었다. 지금도 한번씩 친구들의 부모님이 내 이야기를 하시며 안부를 물으시곤 한다.

“계현아, 행사 때 정말 멋있었어.”

행사 후에 이 말을 정말 많이 들었고 지금도 동창회를 가면 가끔 듣는 말이기도 하다.

실력으로만 평가했으면 나는 군악대장은 꿈꿔 보지도 못했을 것이다. 그러나 우리가 대표를 뽑을 때 오로지 실력만으로 선출하지는 않는다. 오히려 실력이 조금 부족할지라도 그 사람의 그동안의 행동과 됨됨이까지 고려하여 종합적으로 판단을 하게 된다. 내가 정말 기뻤던 것은 내가 군악대장에 선출되었다는 사실 자체가 아니라, 나와 함께 3년을 생활해 온 내 동기들에게 긍정적인 평가를 받고 인정을 받았다는 사실이다. 그 결과로 나는 또 잊을 수 없는 추억을 보상으로 받을 수 있었다.

3년간의 노력, 졸업식 그리고 교장님 표창

신은 우리가 성공할 것을 요구하지 않는다.
우리가 노력할 것을 요구할 뿐이다.
- 마더 테레사

어느덧 시간은 흘러 졸업 시기가 다가오고 있었다. 유난히도 추운 겨울이 계속되었고, 이제 일본 생활을 마무리하고 한국으로 돌아와야 하는 내 머릿속도 여러 가지 생각들로 복잡해지기 시작했다. 나는 어쨌든 학생이었기에 그때 나에게 가장 중요했던 것은 학업 성적이었고, 졸업을 할 때가 되자 나의 졸업 성적이 어떨지 매우 궁금해지기 시작했다. 사실 일본어에 익숙하지 않았기 때문에 학업 또한 쉽지 않았다. 특히 일본에 온 지 얼마 되지 않았던 초반 3개월가량은 정말 힘들었고 성적도 바닥을 쳤었다. 그러나 언어가 적응됨에 따라 성적도 수직 상승하기 시작했고 성적을 복구하고자 더 열심히 노력하여 3학년 이후부터는 진가를 발휘하기 시작했다. 결국 나는 항공우주공학과에서 차석으로 졸업을 하게 되었고, 졸업식에서는 유학생 대표로 학교장 표창까지 받을 수 있었다. 수석은 내 가장 친한 친구인 아리타가 차지했다. 솔직히 고백하지만 한국어로 경쟁을 했더라도 나는 그 친구를 이기지 못했을 것이다. 천재적인 두뇌를 가지고 있을 뿐 아니라 진정으로 공부를 즐길 줄 아는 친구였다. 지금은 일본에서 박사과정까지 마친 뒤 연구개발 장교로 활약을 하고 있다.

그럼 졸업할 때 나의 일본어 실력은 어땠을까? 사람들이 물을 때마다 항상 이야기하는 것이 있다. 내가 일본에서 2학년이었을 당시 겨울연가가 대히트를 치면서 한류 열풍이 불었고 나 또한 그 인기에 편승한 적이 있었다. 당시 일본 사관학교에서는 미팅이 유행했었는데, 사관학교 친구들이 미팅이 있을 때마다 나를 초대하려고 기를 쓰곤 했다. 왜냐하면 당시 일본 여학생들이 한국 유학생이 있다고 하면 매우 좋아했었기 때문에 내가 나간다고 하면 미팅이 잘 성사되기도 했고 분위기도 좋았기 때문이다. 한번씩 친구들이 장난으로 나를 한국 유학생이 아니라 일본인으로 소개를 했고 결론적으로 이야기하면 내가 4학년이 되었을 때는 미팅이 끝날 때까지 그리고 내가 유학생인 것을 말하기 전까지 아무도 내가 유학생임을 눈치채지 못하였다. 마지막에 나는 항상 한국 사람이라고 이야기를 했는데 그때는 모두가 놀라곤 했다. 그래서 누가 나의 4학년 때의 일본어 실력을 묻는다면, 나는 미팅에서 3시간 이상 이야기를 해도 한국 사람인지 모를 정도였다고 대답을 한다. 장난스럽게 말하긴 했지만 아마도 그것 또한 언어를 빨리 습득해야 한다는 의지와 부단한 노력의 결과이기에 자신 있게 말할 수 있는 것이 아닌가 싶다(일본어를 배우면서 언어는 학문적으로 이해하면 안 된다는 것을 알게 되었다. 언젠가 기회가 되면 일본어를 빨리 배우는 법이나 더 나아가 언어를 빨리 습득하는 법에 대해서도 노하우를 꼭 전달하고 싶다).

나의 일본 생활은 어땠는가? 내 스스로에게 떳떳했는가? 내가 가졌던 초심을 끝까지 유지할 수 있었는가? 최선을 다해서 노력했는가? 나는 누군가에게 필요한 사람이었는가? 후회가 남지 않는 시간이었는가? 진심으로 행복했는가?

이 모든 대답에 자신 있게 Yes라고 대답하기는 힘들 것 같다. 그러나 정말 자신 있게 대답할 수 있는 것이 있다. 그것은 바로 '지금 다시 돌아가도 그때처럼 잘하진 못했을 것 같다.'라는 것이다.

추억은 항상 미화되고 그 당시를 그리워하게 만든다. 일본 사관학교에서 힘든 기억들도 분명 많았을 것이다. 그러나 지금 나는 그때가 많이 그립다. 아무도 나를 인정해 주지는 않았지만 스스로를 국가 대표라고 생각하며 하루하루 할 수 있는 최선을 다했다. 매일이 역동적이었고 새로운 것들로 가득했다. 힘들었지만 보람 있었고 행복했다. 언젠가 타임머신이 생기면 기특했던 그때의 나를 찾아가 진심 어린 칭찬의 말을 전해 주고 싶다.

정보 장교와 안보

한국 최초 1인 임관식 그리고 정보 장교

고난이 있을 때마다 그것이
참된 인간이 되어 가는 과정임을 기억해야 한다.
- 괴테

내가 일본 사관학교를 졸업하고 돌아왔을 때 나는 한국에서 전무후무하게 1인 임관식을 했다. 일본에서의 노력을 인정받았는지, 나는 모교로 돌아와서 공사 생도 200명을 위해 거행했던 임관식과 똑같은 수준으로 1인 임관식을 하는 영예를 누릴 수가 있었다. 조부모님, 부모님, 가족들이 단상에 계셨고 사관학교의 전 생도들이 나와 가족들을 위해 퍼레이드까지 해 주었다. 나뿐만이 아니라 부모님에게도 잊지 못할 큰 추억이었고, 우리 작은 할아버지는 공군 중장이셨던 교장님과 악수를 하고 삼 일 동안 손을 씻지 않았다고 한다.

그렇게 분에 넘치는 임관식을 하고 나서 나는 정보 특기를 받았다. 나는 당시 나의 외국 경험을 가장 잘 살릴 수 있는 특기가 무엇일지 오랫동안 고민했었다. 오랜 고민 끝에 정보 특기를 신청했었고 공군도 나의 뜻을 존중해 주어 정보 특기를 받을 수 있었다. 그리고 나의 첫 근무지는 공군 작전사령부 정보과였다. 나는 갓 임관한 소위였지만 대위 자리로 배치되었고 한미 연합 정보를 분석하는 역할을 맡았다. 좀 더 자세히 적고 싶긴 하지만 보안의 문제도 있어 자세한 이야기는 생략하려고 한다. 어쨌든 그런 중요한 자리에는 갓 임관한 소위나 중위를 배치하지 않는다. 지금 생각해 보니 공군에서도 나에게 거는 기대가 컸고 나를 그쪽 분야의 전문가로 키우기 위해 하드 트레이닝시키려 했던 것 같다. 말하자면 나에게 기회를 준 것이었다.

그러나 나는 그 기대에 부응하지 못했다. 솔직히 말해 그 업무는 나에게 버거웠었다. 다년간의 부대 경험이 있는 대위 선배들도 힘들어하던 자리였는데, 아무것도 모르는 소위가 감당하기에는 벅찬 업무였다. 어떠한 상황이 펼쳐지더라도 평상심과 침착성을 유지할 수 있어야 했는데 그때의 나는 그러지 못했다. 위기의 상황에서 판단력이 흐려지고 허둥대는 일이 많았다. 왜 그렇게 바보 같았는지 지금 생각해도 부끄러울 때가 많았다. 점점 출근하는 것이 싫어지고 일은 재미가 없어져 갔다.

그래도 굳이 한 가지를 칭찬한다면 힘든 상황에서도 끝까지 최선을 다해서 일했다는 점이다. 매일 혼나는 일이 계속되면서 자존감은 계속 무너져 갔지만 늘 포기하지 않고 최선을 다했다. 급박한 순간이 지속될 때에도 계속해서 나에게 자기암시를 하면서 '침착하자. 당황하지 말자.'라고 수없이 외치며 평정심을 유지하려고 했다. 물론 그 업무를 그만두기까지도 잘한다는 소리는 듣지 못했지만 내 나름대로는 끝까지 최선을 다했기에 미련이 남지 않는다.

생각해 보면 그때가 장교로서의 내 업무 능력이 가장 많이 발전했던 시기였던 것 같다. 파워포인트, 워드, 한글, 엑셀 등 기본적인 문서 작업 능력에서부터 계획, 타 부서와의 협조 등의 업무 프로세싱 능력을 집중적으로 배양할 수 있었다. 급박한 상황 속에서도 평정심을 유지하는 방법을 배웠으며 자존감이 떨어진 상황에서도 스스로를 격려하며 끝까지 업무를 수행할 수 있는 끈기를 배웠다.

그리고 무엇보다 대한민국의 안보에 대해서 깊게 고민할 수 있는 시간이 되었던 것 같다. 우리 몸을 이루고 있는 세포들은 우리가 자고 있는 순간에도 끊임없이 물질교환을 하면서 그 기능을 유지하고 있다. 겉으로 보기에는 아무것도 하고 있지 않는 것처럼 보이지만 끊임없는 활동을 통해 안정 상태를 유지하고 있는 것이다. 그것을 생물학적으로는 '항상성(Homeostasis)'이라고 하며 겉으로 보이는 안정된 상태를 유지하기 위해, 각 세포들은 변화하는 환경에 대응하여 끊임없이 활동하며 스스로를 변화시키고 있는 것이다. 안보라는 것도 마찬가지다. 마치 대한민국이 큰 변화 없이 평안한 상태를 유지하고 있는 것처럼 보이지만 실제로는 수많은 이벤트들을 맞이하고 있고 이를 극복하기 위한 많은 사람들의 노력, 특히 국군 장병들의 노고가 투여되고 있는 것이다. 우리가 긴장감을 잃고 지내는 동안에도 누군가는 끊임없이 국가를 지키기 위해 자신의 삶을 희생하여 안보를 책임지고 있는 것이다. 내가 지금 편안하게 있을 수 있는 것 그리고 내 가족들이 안전하게 생활

할 수 있는 것들 모두 안보가 보장되어 있기 때문에 가능한 일이고 그 항상성을 지키기 위해 지금도 피땀 흘리는 많은 국군 장병들이 있다.

나는 2년 남짓한 기간 동안의 힘들었던 정보 장교 생활을 통해 이러한 것들을 실제로 체험하고 느낄 수 있었다. 요즘도 군대에 대한 비난과 비판이 많고 인터넷상에서는 합법적으로 군대를 피할 수 있는 여러 가지 방법들이 소개되고 있는 것으로 안다. 그러나 나는 이 땅의 젊은이들에게 꼭 군대는 다녀와야 한다고 다시 한번 강조하고 싶다. 결국 우리나라는 지금의 청년들이 짊어지고 가야 하는 날이 올 것이고 그 청년들이 제대로 된 국가관과 안보 의식을 가지고 있을 때 대한민국의 평화도 보장될 수 있다고 생각한다. 의무는 최선을 다해 이행해야 하고 권리 또한 온전히 누릴 수 있는 사회가 진정으로 정의로운 사회이기에 병역의 의무도 모두가 예외 없이 공정하게 이행되어야 한다고 생각한다.

나도 힘들게 2년간의 정보장교 생활을 했다. 하루하루가 시간 낭비로 느껴져 고통으로 느껴지는 순간들도 많았다. 그러나 그 고통의 순간들 속에서 나는 안보의 진정한 의미를 깨달을 수 있었고 여러 가지 측면에서 개인적으로도 성장할 수가 있었다. 어디서든 최선을 다한다면 그곳이 군대라 할지라도 자신을 성장시킬 수 있는 기회는 많이 있고 자신이 얻고자 한다면 얻을 수 있는 것이 많을 것이다.

서울대학교
의과대학으로

의학 그리고 복지에 대한 깨달음

보상을 구하지 않는 봉사는 남을 행복하게 할 뿐 아니라,
우리 자신도 행복하게 한다.
- 마하트마 간디

일본 사관학교에서의 3년간의 생활을 끝내고 돌아오는 비행기 안에서 나는 한 신문을 통해 미국 오바마 대통령의 인터뷰를 볼 수 있었다. 그 인터뷰의 주된 내용은 복지에 관한 것이었는데, 20세기의 화두가 '민주주의와 자본주의'였다면 향후 미래의 핵심 키워드는 '복지'가 될 것이라는 내용이었다. 상당히 기억에 남는 인터뷰였고, 돌아오는 비행기에서 처음으로 '복지'에 대해서 깊게 생각할 수 있는 계기가 되기도 했다.

'복지란 과연 무엇일까?'

앞으로도 오랜 성찰을 거쳐서 그 의미를 찾아가야겠지만, 복지에 대해 그리 깊게 생각한 적이 없었던 나도 일단 복지의 기본은 '개인의 건강'이 뒷받침된 가운데 가능할 수 있다는 당연한 생각 정도는 할 수가 있었다. 어떠한 좋은 정책들이 나오더라도 결국 본인이 건강하지 않으면 그 모든 것이 진심으로 와닿을 수 없으며, 제대로 된 복지는 결국 건

강한 삶이 충족되고 난 후 비로소 이루어질 수 있기 때문이다. 그래서 오바마 대통령의 말대로 21세기의 화두가 '복지'가 된다면 언젠가 복지를 제대로 이해하는 사람이 이 사회의 리더가 될 것이며, 만약 의료계에서 사회 공헌에 대한 진정한 의지를 가진 사람이 배출된다면, 어쩌면 진정으로 존경받는 리더가 될 수도 있을 것이라 생각했다. 기회가 되면 나도 의학을 공부하고 복지에 대한 관념을 좀 더 배워 보고 싶다고 막연히 생각하기도 했다. 사실 그 생각은 쉽사리 사라지지 않았고 그 이후 오바마 대통령의 인터뷰 때문인지는 모르겠지만 우리 사회에서도 복지에 대한 관심이 날로 높아지기 시작했다. 말 그대로 복지가 화두가 되는 세상이 오고 있었으며 그와 더불어 그때 가졌던 의대 진학에 대한 막연한 열망도 조금씩 커져 가기 시작했다.

그리고 2007년, 정말 꿈만 같은 일이 벌어졌다. 여러 가지 일들이 있었지만 우여곡절 끝에 결국 나는 서울대학교 의과대학에 입학하게 된 것이다. 평소 서울대에 대한 동경도 있었고 무엇보다 의학 및 복지에 대한 깊은 열망이 있었는데 나에게도 그것을 현실화할 수 있는 본격적인 기회가 열리기 시작한 것이다. 사람의 몸에 대해 제대로 배워 인간의 건강한 삶에 기여할 수 있고, 무엇보다 복지의 기초를 다질 수 있는 기회가 서울 의대를 통해 펼쳐지려 하고 있었던 것이다.

이미 과학고에서 치열한 경쟁을 경험했고 천재들 속에서 좌절을 해 본 경험도 있었기에 서울 의대 또한 크게 다르지 않을 것이라 생각했지만 역시나 대한민국 최고의 수재들만 모인 곳인 만큼 경쟁도 대단했다. 일단, 믿기 힘들 정도로 열심히 공부를 했으며 공부를 좋아한다는 것이 이런 것이구나 하는 생각이 저절로 들 정도로 다들 학문에 대한 열망이 있었다. 나 또한 수많은 경쟁에서 살아남아 여기까지 왔다고 생각했지만 이곳에 같이 앉아 있는 학생들은 학업 및 인성 등 모든 면에서 나와 비교할 수 없이 우수한 대한민국의 인재들이었다. 이런 훌륭한 사람들과 같이 공부할 수 있다는 것이 항상 가슴 벅찼고 감동적이었다. 각 지역에서 수석을 한 친구들이 바로 내 옆에 앉아 똑같은 수업을 듣고 있고 나를 형 또는 오빠라 부르면서 따르며 나 또한 이들과 같이 밥을 먹고 아무렇지 않게 대화하며 일상을 함께하고 있는 것이다. 그냥 강의실에 앉아 있는 것만으로도 내가 대단한 곳에 왔구나 하는 생각이 저절로 들었고 이들과 경쟁을 하겠다는 생각보다는 잘 융화되어 이런 행복을 오래 느끼고 싶다는 것이 그때의 솔직한 내 심정이기도 했다.

새롭게 시작한 의학 공부는 생각처럼 그렇게 호락호락하지 않았다. 부산과학고 시절부터 전형적인 이과형이었던 나는 암기가 익숙하지 않았다. 암기해야만 하는 수많은 것들이 나를 기다리고 있었고 처음에는 그 속도를 따라가기가 힘들었다. 우리 몸은 매우 복잡하고 체계적인 시스템으로 되어 있기 때문에 그 원리 자체에 대한 완전한 이해는 불가능에 가깝다고 볼 수 있다. 그래서 의학에서는 완벽하게 증명된 인과적인 원리가 아닌 현상을 있는 그대로 받아들여 경험적으로 행해지는 부분도 있으며 무엇보다 복잡한 시스템 그 자체를 인간의 머리로 이해하려고 하는 것은 불가능한 일이기에 겸손히 그대로를 받아들여야 하는 부분도 있다. 그래서 의학에서는 인과관계와 원리를 이해하려고 하는 자세뿐만이 아니라 현상을 분석하여 유연하게 받아들이는 자세도 중요한 것이다. 사실 나는 이해하지 못한 채 받아들이는 것 자체가 처음에는 적응하기 힘들었고 이제껏 내가 경험하지 못한 새로운 공부 방식에 꽤나 당황하기도 했었다. 그러나 과학고, 사관학교, 일본 사관학교까지 경험하며 내공을 쌓아 온 경험 때문이었는지 하루하루 최선을 다하며 조금씩 힘든 것들을 해결해 나갔고 점점 시간이 지나 적응해 나가기 시작하면서 점점 의대 생활도 재밌어지기 시작했다.

내가 이 시기를 되돌아볼 때 한 가지 후회하는 것이 있다. 그것은 바로 내가 좀 더 자신감을 가지지 못했다는 것이다. 다른 친구들이 보기에는 내가 늘 자신만만하게 보였을지도 모르겠지만 내면적으로는 항상 위축되어 있었던 것 같다.

'서울 의대라는 타이틀에 기죽고, 주위에 있는 학생들의 스펙에 다시 한번 기죽고…….'

내가 내 한계를 그어 놓고 목표를 설정했기 때문에, 결국 마음속에 설정해 놓은 그 정도까지의 성과밖에 이룰 수가 없었다. 좀 더 내 자신을 신뢰하고 좀 더 높은 이상과 목표를 가지고 도전해 볼 수 있었을 텐데 말이다.

새로운 집단으로 옮기게 되면 누구나 환경 변화에 따른 불안감과 두려움을 느끼게 된다. 나중에 이야기해 본 결과 전국 수석을 했던 친구도 서울 의대에 입학 후 오랫동안 나와 똑같은 두려움에 사로잡혀 자신감을 잃은 시간이 있었다고 한다. 마치 과학고에 처음 입학한 나와 내 친구들의 그때처럼 말이다. 그리고 그 두려움을 극복하는 순간 비로소 본인의 페이스를 찾을 수가 있었다고 한다. 우리가 두려워하는 실체는 실상이 아니라 오히려 우리 스스로가 만든 허상일 경우가 많으며 지나고 보면 실제로는 그렇게 두려워할 필요가 없었던 경우가 많다. 특히 환경이 바뀌었을 때는 그 두려움이 극대화되기 때문에 혹시 지금 나는 스스로가 만든 허상에 갇혀 내 능력의 한계를 스스로 제한하고 있는 것이 아닌지 끊임없이 돌아봐야 할 필요가 있다. 그리고 항상 새롭게 목표를 재설정하여 자신의 가능성을 제한하지 않도록 할 필요가 있다.

'인간의 뇌는 한계가 없다.'라는 말을 나는 믿는다. 의학 공부를 하면 할수록 더 확신이 생긴다. 어차피 우리는 자신이 가진 능력의 일부밖에 사용하지 못하고 있고 만약 나보다 훨씬 뛰어나 보이는 친구가 있다면 그는 결국 잠재 능력 극히 일부를 남들보다 좀 더 사용하고 있을 뿐이다. 스스로가 자신의 한계를 규정짓는 것이 아니라 자신의 잠재 능력을 좀 더 발휘할 수 있도록 더 큰 목표를 세워 자신을 격려할 필요가 있으며 무엇보다 스스로가 자기 자신을 완전히 신뢰할 필요성이 있다고 생각한다.

나는 과학고 및 서울 의대에서의 소중한 경험을 통해 자신감 및 당당함이 인생을 살아가는 데 얼마나 중요한지 깨달을 수 있었다.

‘자신이 만들어 놓은 한계에 갇히는 청춘이 되지 않기를…….’

항상 내 자신에게 되뇌어 본다.

'송촌' 의료 봉사 동아리

봉사하는 생활은 예술의 최고봉으로 진정한 환희에 차게 된다.
- 간디

서울 의대에서의 생활은 누구나 예상 가능한 대로 막대한 공부량에 대부분의 시간을 빼앗길 수밖에 없지만, 그래도 동아리 활동만큼은 활발히 이루어지고 있는 편이다. 동아리를 통해 공부 외의 활동을 즐길 수 있으며 선후배들을 통한 인간관계도 넓힐 수 있다. 무엇보다 그동안의 스트레스를 풀 수 있는 얼마 안 되는 시간이었기 때문에 대부분의 학생들이 동아리에 가입하여 활동을 한다. 그래서 서울 의대 내에만 약 30개 정도 되는 동아리들이 있고 많은 학생들이 적어도 한 개씩 동아리에 가입을 한다. 입학을 하면 선배들이 여러 가지 방법을 통해 신입생들에게 동아리 소개 및 권유를 하게 되고 향후 4년 동안뿐 아니라 앞으로의 인간관계에 있어서도 중요한 역할을 하게 될 동아리이기에 신입생들은 신중히 고민하고 동아리를 선택하게 된다. 나 또한 오랫동안 고민에 고민을 거듭하다가 결국 '송촌'이라는 의료 봉사 동아리에 가입하게 되었다. 송촌은 1974년 창립된 서울 의대 및 간호대 연합 봉사 동아리로 주말 진료 및 방학을 이용한 농촌 봉사 활동을 통해 의료 혜택을 받지 못하는 이웃들에게 봉사를 행하는 동아리이다. 서울 의대 내 의료 봉사 동아리는 그 외에도 몇 개가 더 있었지만 나는 룸메이트였던 형의 권유로 송촌에 가입하게 되었고 송촌에 가입하여 활동하면 할수록 정말 훌륭한 동아리임을 느낄 수가 있었다. 특히 당시 내가 정말 좋아했던 감동적인 동아리 취지문이 있어 짧게 소개해 보려 한다.

"유사 이래 의학을 비롯한 모든 분야의 과학이 발달해 온 것을 우리는 알고 있다. 그러나 의학은 발달하지만 그 혜택을 받는 사람은 한정되고 있다는 전 세계적인 추세를 우리는 보아 왔다. 이러한 인식에서 비롯된 지역사회 의학은 재래 의학의 여러 가지 모순을 타파하고 환자만이 대상이 아닌 지역사회가 대상이 된 폭넓은 의료 제도의 확립을 꾀하며 오늘의 의학의 흐름에 우리는 깊은 관심을 가지고 이를 공부하고 지역사회에 나아가 실천할 수 있는 바탕을 기르기 위해 이 회를 창립하기에 이른 것이다."

당시 룸메이트 형이 송촌의 취지문을 보여 주며 동아리 소개를 해 주었는데, 특히 위의 말이 감명 깊게 와닿았고 나는 주저할 것 없이 송촌에 가입을 하게 되었다. 비록 자주 참석하지 못해 부끄럽기는 했지만 주말 및 방학을 통해 봉사의 행복을 느낄 수 있었다.

서울 의대는 종로구 연건동, 흔히 말하는 대학로에 위치해 있다. 늘 거리는 사람들로 붐비고, 연극, 공연 시설 및 다양한 가게들이 즐비하여 도시의 화려함을 제대로 만끽할 수 있는 곳이다. 그러나 내가 생활하던 그 화려한 대학로와 불과 얼마 떨어지지 않은 가까운 곳에서도 의료 혜택을 받지 못해 힘들어하는 사람들이 많이 있다는 것을 송촌 활동을 하기 전에는 깨닫지 못했다. 송촌 봉사동아리를 통해 종로 쪽방촌의 존재를 처음 알았고 의료 혜택을 받지 못하는 노인분들이 상당히 많다는 사실에 놀라기도 하고 한편으로 가슴이 아프기도 했다. 주말 진료를 하면서 그런 분들을 자연스럽게 만나게 되었고 우리 의료 현실의 한계를 뼈저리게 느낄 수 있었다. 사실 의료 봉사활동이라고는 했지만, 우리가 할 수 있는 일은 거의 없었다. 학생이었던 우리가 할 수 있었던 것은 혈압이나 혈당을 재어 고혈압, 당뇨 같은 간단한 질환을 감별하고 생활 습관 개선을 위해 위생 교육을 하며 혹시 응급이나 위중한 환자라고 생각되는 분이 있으면 전문의 선생님께 알려드리는 정도가 전부였다. 하지만 쪽방촌 노인 분들은 일단 자신의 집에 누군가가 찾아온다는 것만으로도 매우 감동하셨고 우리와 여러 가지 이야기를 나누며 행복해하셨다. 기본적인 의료 혜택뿐만이 아니라 일상적인 생활에서도 고립된 분들이었고 우리가 방문할 때마다 고마워하시면서 어렵게 꺼내 주시는 요구르트나 과일을 먹을 때면 참 감사하고 또 죄송하기도 했다. 그리고 '좀 더 공부를 열심히 해서 실력을 쌓고 싶다.' 하는 생각, '내가 세상에 필요한 사람이구나.' 하는 뿌듯함 그리고 '내가 그래도 세상을 위해 좋은 일을 했다.'라는 보람이 저절로 느껴졌다. 여러 가지 활동을 핑계로 자주 참석하지는 못했지만, 그래도 참석하는 그 순간만큼은 행복감을 느낄 수가 있었다.

철원 이길리에서 시행하는 농촌 의료 봉사도 마찬가지였다. 민통선 북방 마을인 이길리도 지리적 위치로 인한 무의촌으로 분류가 된다. 송촌에서는 방학을 이용해 이길리를 방문하여 의료 봉사를 시행하고 마을 일도 도와주는 활동을 했다. 이길리는 아직 두루미가 날아다니는 아름다운 마을이었다. 그곳 사람들 또한 매우 순박하고 친절했다. 학생이라 잘 모르는 것이 더 많았고 내가 할 수 있는 활동은 제한되어 있었지만, 늘 그랬듯 그분들의 이야기를 듣고 공감해 드리면서 조금이나마 기쁨을 드릴 수 있었다. 마치 우리 할머니 댁에 온 것처럼 편했고 시간이 지나면 지날수록 정이 들었다.

"봉사를 할 때 가장 행복한 것은 본인이다."라는 말을 들은 적이 있다. 그 말의 진정한 뜻이 무엇인지 송촌이라는 동아리 활동을 하면서 깨닫게 되었다. 세상을 살아가다 보면 나를 슬프고 힘들게 하는 일들이 참 많다. 그리고 나를 좌절시키는 일들도 많다.

"나는 왜 안 되지? 나는 왜 이렇게 쓸모없는 사람이지? 나는 왜 이것밖에 안 되지? 나 같은 사람도 살아갈 이유가 있을까?"

내 자존감이 바닥칠 때 그리고 내가 세상에 온 이유를 찾지 못할 때, 그것 때문에 죽고 싶을 정도로 힘들 때……. 나는 그 해답을 찾을 수 있는 가장 쉬운 방법이 봉사활동이라고 생각한다. 그래서 나와 같이 고군분투하고 있는 젊은 청춘들에게 힘든 일이 있거나 자존감이 떨어질 때 꼭 봉사활동을 해 보라고 추천하고 싶다.

송촌 봉사 동아리를 통해 내 복지에 대한 신념을 다시 한번 굳힐 수 있었다.

"복지는 '개인의 건강'이라는 기반이 있어야만 유지가 될 수 있다."

기본적인 건강을 보장해 줄 수 없는 복지는 진정한 복지라 할 수 없다. 무엇보다 당사자들이 그렇게 느끼지 못하기 때문이다. 다리가 아픈 사람들에게 많은 예산을 투여하여 휠체어가 다닐 수 있는 길을 많이 만드는 것도 중요할 수 있으나, 그것은 어쩌면 사후조치에 불과할 수 있다. 사실 더 근본적인 것은 아픈 다리에 대한 치료이고 그 문제가 해결되었을 때 다른 복지의 혜택에도 관심을 가지게 된다. 복지의 기본은 의료라고 막연히 생각하고 제대로 된 의미를 알고자 선택한 의대 공부였는데, 의료 봉사활동을 하면서 내 선택이 틀리지 않았음을 다시 한번 느낄 수 있었다.

지금도 가끔 후배들로부터 송촌 연례행사에 참여할 수 있냐고 물어보는 연락이 온다. 아직은 늘 병원에서 먹고 자고 하다 보니 시간 여유가 없어 거절할 때가 많다. 병원에서 장시간 외출이 가능해지면 제일 먼저 송촌 활동에 참가하여 후배들과 함께 다시 한번 의료 봉사활동의 기쁨을 나눠 보고 싶다. 그때처럼 학생이 아니라 이제는 내과의사로서 그분들에게 조금 더 따뜻하게 다가가고 싶다.

서울 의대 총학생회장 그리고 소녀시대

행하여 얻음이 없으면, 모든 것에 나 자신을 반성하라.
내가 올바를진대, 천하는 모두 나에게 돌아온다.
- 맹자

의대 시절 나에게 가장 자랑스러웠던 기억을 하나 뽑으라고 한다면 나는 서울 의대 총학생회장으로서 학생들을 위해 일할 수 있었던 것을 뽑을 것이다. 나는 어렸을 때부터 대표 자리를 맡는 것에 대해 거부감이 없었던 것 같다. 처음에는 리더라는 그 자리 자체가 좋았던 것 같고, 점점 일을 하다 보니 나 아닌 우리 그리고 타인을 위해 일하는 것의 보람을 알게 되었던 것 같다. 의대 생활은 분명 공부만으로도 힘든 곳이었지만 나와 함께 있는 학생들이 더 편하게 공부할 수 있도록 조금이라도 도움이 되어 보자 하는 의지가 강했던 것 같다. 사실 공부보다도 그런 활동을 더 보람되고 재미있게 생각했던 것 같다.

서울 의대 학생들은 실력뿐만이 아니라 다른 모든 면에서도 배울 점이 많은 훌륭한 학생들이다. 대한민국 의료계를 이끌어 갈 리더로서의 소양과 자질을 갖추고 있으며 또 그런 사명감을 가지고 살아가는 사람들이다. 나는 가끔 그런 내 주위 학우들이 대단하면서도 안쓰럽게 느껴질 때가 있었다.

'수많은 경쟁에서 살아남으며 이 자리에 오기까지 이들이 흘린 땀과 눈물에 대한 안쓰러움, 20대 초반의 가장 아름다운 시기에도 도서관의 한 모퉁이를 꾸준히 지키며 자신에 대한 기대에 부응하고자 필사적으로 노력하고 있는 것에 대한 안타까움 그리고 세상에 물들지 않는 순수함과 해맑음까지.'

적어도 이 학생들이 조금이라도 편하게 학교생활을 할 수 있도록 최선을 다해 학생회 일을 수행하리라 다짐하고 또 다짐했다. 그리고 그때는 열정이 넘치던 때라 다짐에서 그친 것이 아니라 실제로 정말 많은 것들을 해낼 수 있었던 것 같다. 학생회 조직 재정비, 각종 행사 기획, 동아리 정리 및 지원, 휴게실 마련, 각종 복지 정책 등. 지금 생각해 봐도 어떻게 그 모든 것들을 다 할 수 있었을까 의문이 들 정도로 그때는 정말 부지런히 움직였다. 그런 진심이 다른 학생들에게 통할 때도 있었고 오해를 받을 때도 있었지만 그때는 그냥 그렇게 일하는 것 자체가 보람되고 행복했던 것 같다.

참 많은 일들과 추억이 있었지만, 그중 가장 인상 깊었던 일로 기억되는 것이 바로 걸그룹 소녀시대와 함께했던 학교 행사에 대한 추억이다.

우리는 20대의 가장 아름다운 시절을 서울 의대에서 보냈고 그중 대부분의 시간을 공부를 하면서 보냈다. 솔직히 사람과 함께하는 시간보다 책과 함께하는 나 혼자만의 시간이 더 많았고 의과대학이라는 테두리 안에 있지만 모두가 모여 함께할 수 있는 기회는 많지 않았다. 당연히 '우리'라는 이름으로 추억을 만들 기회 또한 별로 없었던 것이 사실이었다. 나는 학생회장으로서 공부에 힘들어하는 학우들에게 그래도 한 번쯤은 잊을 수 없는 추억을 만들어 주고 싶었고 모두가 함께할 수 있는 시간을 만들어 주고 싶었다. 내 가장 찬란했던 시기를 돌아보는데 비가 오나 눈이 오나 도서관에서 공부하고 있는 기억들뿐이라면 슬프지 않겠는가. 이런 고민을 계속해 오던 나에게 '대동제'라는 학교 축제는 내가 그동안 생각해 온 것을 실천할 수 있는 매우 소중한 기회였고 이 학교 축제를 우리 모두의 추억으로 만들어 보리라 다짐을 했었다. 물론 서울대에서는 '학교 축제에 가는 것이 제일 바보'라는 말이 나돌 정도로 모두가 축제에는 관심이 없었고 연건동에서 독립적으로 시행하는 서울 의대 축제는 더 말할 필요도 없었다. 기껏해야 50명도 안 되는 사람들이 참여를 하고 그것 또한 동아리 발표 때문에 어쩔 수 없이 동아리 관련 사람들만 참여를 하는 것이 현실이었다. 나는 이 대동제를 잘 활용해야겠다고 생각을 했고, 어떻게 하면 학생들의 관심과 참여를 유도할 수 있을까 고민을 했다. 조금이라도 재밌는 축제를 만들기 위해 새롭고 참신한 프로그램을 하나씩 만들어 갔고, 많은 참가자들을 모집하며 홍보를 해 나갔다. 동아리 공연, 개인 공연 등의 참가자들은 점점 늘어 갔고 그들 또한 우리 학생회의 진심을 알고 더 열심히 준비해 주었다. 그러나 사실 그렇게 참가자가 늘어나면 늘어날수록 내 걱정 또한 더 늘어 갔다. 왜냐하면 이렇게 열심히 준비하는 참가자들이 많은데 막상 축제 때 학생들이 보러 오지 않으면 모든 것이 다 물거품이 되기 때문이다. 물론 우리는 처음부터 축제를 흥행시킬 수 있는 방안을 알고 있었다. 그것은 바로 다른 학교들처럼 인기 있는 연예인을 초청하여 축하 공연을 하는 것이었다. 그러나 처음에 우리는 그것에 대해 반대를 했었다. 축제의 의미가 퇴색될 수도 있었고 무엇보다 우리 같은 독립적인 단과대에서는 그런 연예인들을 초청할 예산이 없었기 때문이었다. 그러나 준비 기간이 다가올수록 연예인을 초청하자는 목소리가 점점 커지기 시작했고 축제 때만이라도 그런 연예인들의 콘서트를 즐기는 것도 괜찮지 않겠느냐는 의견이 나오기 시작했다. 단순히 연예인을 부르는 것이 아니라 콘서트를 즐긴다는 개념으로 접근하라는 것이었다.

결국 우리는 초청하고 싶은 연예인에 대한 설문조사를 했다. 그리고 당황스럽게도 그 설문조사에서 당시 최고의 주가를 올리던 소녀시대가 일등을 했다. 최선을 다해서 연예인 섭외를 할 자신은 있었지만 소녀시대는 많이 당황스러웠던 것이 사실이다. 일단 그 당시 소녀시대는 선풍적인 인기를 누릴 때라 우리 축제 시간에 맞추어 초청하기도 힘들었고 무엇보다 예산이 부족했기 때문이다. 그리고 생각해 보라. 각 학교 축제에도 초청을 못 해서 안달일 정도였는데 이런 단과대 축제에 오겠는가?

결론부터 말하자면 소녀시대는 결국 우리 학교 축제에 초청되었고 학생들에게 좋은 추억을 만들어 줄 수 있었다. 내가 어떻게 소녀시대를 초청할 수 있었는지에 대해서는 너무나도 재미있는 뒷이야기들이 있지만 관계자들과의 약속도 소중한지라 여기에 적지 못하는 것이 안타깝다. 그러나 분명한 것은 모두가 불가능할 것이라 생각할 때도 나는 끝까지 초청하고 말겠다는 의지가 있었고 여러 가지 안 되는 이유들을 하나하나씩 해결해 나갔다는 것이다. 많은 친구들이 나에게 진짜 소녀시대가 올 수 있냐고 물었을 때 나는 반드시 온다고 대답을 했으며 내 스스로도 그것을 믿어 의심치 않았다. 그리고 우리 대동제는 역대 가장 많은 학생들이 참여를 했고 많은 학우들에게 좋은 추억이 될 수가 있었다.

한번씩 TV에서 소녀시대의 무대를 볼 때가 있다. 그러면 가끔 그때의 모습들이 떠올라 나도 모르게 미소가 지어질 때가 있다.

'아 그때 소녀시대 때문에 참 힘들었었는데…….'

언젠가 소녀시대와 그 관계자들을 다시 만날 기회가 있으면 꼭 감사하다는 말을 전하고 싶다.

97%가 합격하는 의사고시 불합격 그리고 공로상

가장 큰 영광은 한 번도 실패하지 않음이 아니라
실패할 때마다 다시 일어서는 데에 있다.
- 공자

4년간의 길었던 의대 생활을 끝내고 의대생들은 의사국가고시를 통해 의사가 된다. 4년간의 의대 지식들을 총망라하는 시간이기도 하지만 그동안의 고생을 보상받는 순간이기도 하다. 이제 국가에서 인정받은 의사로 살아갈 수 있는 권리를 얻게 되는 것이고 그 시험 하나로 어쨌든 의대생에서 의사로 사회적 위치가 변한다. 학생이었던 우리들이 처음으로 자신의 직업을 갖고 사회인으로 거듭나게 되는 것이다.

의대에서는 보통 7~8월 정도까지 수업을 하고 그 이후에는 의사고시 준비를 위해 학생들에게 자유 시간을 준다. 다른 학교에서는 의사고시 준비 프로그램이나 시험 준비를 위한 수업 등을 따로 운영하는 경우도 있지만 서울대는 그런 것들이 일체 없다. 학생들이 워낙 훌륭하여 알아서 잘하기 때문인 것도 이유가 될 수 있겠지만, 서울 의대 자체가 '의료계 리더를 양성하는 학교'라는 철학이 있어 언제나 학생들의 자율성과 능력을 신뢰하고 있기 때문이기도 하다. 어쨌든 학생들은 그 자유 시간 동안 4년간의 공부를 마무리하며 의사로 살아가기 위한 담금질에 들어간다.

나 또한 그 자유 시간 동안 여러 가지 이벤트는 있었지만, 나름대로 열심히 준비를 했고 당연히 무난하게 합격을 할 것이라고 생각했다. 여유도 있었기 때문에 공부와 별도로 앞으로 의사로서 살아가기 위해 필요한 것들만 정리해 두는 의학 노트를 따로 만들기도 했다. 순조롭게 시험 준비를 했고 시험을 칠 때도 그리 컨디션이 나쁘지 않았으며 시험이 끝나고 나서도 실패에 대한 느낌은 전혀 없었다. 오히려 안도감에 정말 오랜만에 여행을 하며 휴식을 만끽하고 있었고 합격자 발표날에도 나는 명단을 확인하지 않았다. 왜냐하면 떨어질 리가 없다고 생각했기 때문이다. 그러나 그런 자만심이 친한 동생에게서 온 문자 하나에 와르르 무너져 내려 버렸다.

"형……. 형 이름이 없어요……."

처음에는 장난일 것이라 생각했다. 그럴 리가. 그러나 불안했던 것이 그 친구는 절대로 그런 말도 안 되는 장난을 칠 친구가 아니었다. 바로 확인 작업에 들어갔고, 나는 그렇게 97%가 합격하는 시험에서 떨어졌음을 확인할 수 있었다.

그때의 충격은 이루 표현할 수가 없을 것이다. 한 번의 실패도 없이 승승장구해 왔던 나였고 또 그런 좌절은 내 인생에서 처음이었기에 그 충격은 너무나도 크게 다가왔다. 세상이 무너져 내리는 것 같았고 부끄러워 고개를 들 수가 없었다. 한동안은 그 충격에서 헤어나지 못했고 그 현실을 받아들일 수가 없었다. 그 후에 내 행동도 조금씩 변화하기 시작했다. 일단 집 밖으로는 나가지 않았고 많은 사람들에게 연락이 왔지만 받지 않았다. 그냥 세상과 단절한 상태로 있고 싶었다. 다른 사람들과 만나서 웃으면서 이야기하는 것은커녕, 사람들의 눈을 쳐다볼 용기조차 없었다. 그리고 나를 믿어 준 가족들에게 너무 미안했다. 그 와중에도 가족들은 내 눈치만 살피고 있다는 것을 알 수 있었고 조심하는 가족들을 볼 때마다 내 마음은 더 미어질 듯이 아파 왔다. 그냥 하루 종일 혼자 있었고 유일한 낙은 인터넷 도서 사이트에서 책을 신청하여 읽는 것뿐이었다. 정말로 많은 책을 읽었지만 위안이 되지 않았고 위안이 되는 책을 발견했다 하더라도 그때뿐이었다. 마음속의 지옥이 또 다시 나를 잠식하기 시작한 것이다. 이제 나는 평생 패배자로 살아갈 것 같았고 사람들은 뒤에서 나를 비웃을 것 같았다. 평소에 좀 더 겸손하지 못했던 것이 후회되기도 하고 사람들의 시선이 매우 두렵게 느껴지기도 했다. 그렇게 약 한 달간은 참 힘든 시기가 계속되었다.

그로부터 며칠 뒤 서울대학교 의과대학 졸업식이 있었다. 평소 아버지께서는 서울 의대 졸업식은 매우 영광스러운 자리이기 때문에 꼭 가족들 모두를 초청해 줬으면 좋겠다고 말씀하시곤 했었다. 학사모를 쓰고 서울대 정문에서 사진을 찍는 것이 소원이라고 했고 사진을 찍으면 TV 옆에 걸어 두고 싶다고 하셨다. 별로 어려운 일이 아니었기 때문에 나는 당연히 그 꿈을 이루어 드리겠다고 말하곤 했다. 그러나 나는 그토록 고대하던 졸업식도 갈 수 없었고 그 꿈도 이루어 드리지 못했다. 졸업식에 갈 용기가 없었고 무엇보다 사람들을 만나기가 싫었기 때문이었다. 그렇게 내 의대 생활의 끝은 비극으로 끝이 나고야 말았다.

얼마 뒤 나에게 소포 하나가 배달되었다. 졸업장, 졸업앨범 그리고 하나가 더 있었다.

공로상…….

위 학생은 재학기간 중 학생회장으로서 동료 학생과 학교 발전을 위하여 희생적으로 봉사하였기에 그 공로를 기리어 이 상장을 수여함……. 서울대학교 의과대학장.

눈물이 핑 돌았다. 결국 시험 하나로 비극적인 끝을 맞이하긴 했지만 나는 결코 부끄럽지 않은 의대 생활을 보낸 것이다. 공로상이라고 해봤자 결국 상패와 종이 한 장뿐이었지만, 그래도 내가 평소에 좋아했던 희생, 봉사라는 단어로 나를 치하해 주고 있었다. 그제야 의대 시절의 많은 일들이 다시 떠오르기 시작했고 청년 김계현의 노력과 수고가 파노라마처럼 지나가기 시작했다.

'그래. 나는 정말 괜찮은 사람이었지. 항상 당당하고 자신감 넘치고 학생들에게 봉사하며 궂은일을 도맡아 하던 사람이었지.'

끊임없이 눈물이 흘렀고, 많은 것들이 스쳐 지나갔다. 적어도 이렇게 무너지면 안 되겠다고 생각했다. 결과도 중요하지만 과정이 더 인정받는 그런 세상을 바란다면 나 스스로가 그것을 용기 있게 실천해야만 했다.

그리고 그날 저녁 나는 고민 끝에 용기를 내어 서울 의대에서 자주 마음을 나누곤 했던 형을 불러 집 근처 족발집에서 오랜만에 외식을 했다. 시험에서 떨어진 후 첫 외출이었고 가족이 아닌 사람과 만나는 첫 약속이었다.

'한 번도 실패를 하지 않는 사람이 아니라 몇 번의 실패에도 강단 있게 다시 일어서는 사람이 되리라.'

내 삶은 항상 승승장구했고 늘 타인의 부러운 시선을 만끽하는 삶이었지만 마음속 한편에는 언젠가 나에게도 실패가 오겠지 하는 두려움이 있었다. 그러나 그 모든 것을 딛고 일어선 지금 나는 오히려 그때에 감사할 수 있게 되었다. 실패를 경험했고 무엇보다 그 실패에 무너지지 않고 다시 일어설 수 있는 용기를 얻었으니……. 이제 몇 번을 쓰러지더라도 다시 일어설 수 있을 것 같은 느낌이 든다.

그리고 좀 더 겸손할 수 있게 되었다. 비록 가난 속에서 시작했지만 나에게 공부라는 큰 무기가 있었고 공부로 승승장구하는 한 나에게 영광만이 있을 것이라 자만하고 있었다. 그러나 누구나 실수를 할 수 있고 자신이 예상하지 못한 고난을 만날 수 있다. 원숭이도 나무에서 떨어질 수 있음을 항상 잊지 말고 겸손 또 겸손해야 한다는 교훈을 배우게 되었다. 결국 실패를 해 보면 제일 후회되는 것이 겸손하지 못했던 자기 자신의 모습이라는 것을 뼈저리게 경험할 수 있다.

지금 생각해 보니 정말 후회된다. 그때 그냥 졸업식에 참석할걸. 그리고 아버지의 꿈을 이루어 드릴걸.

나의 대학 생활. 나는 어른이라고 생각했지만 아직 어리고 미숙했던 것 같다. 그리고 아직 어렸기 때문에 많은 사람들에게 상처를 주었다. 진심으로 사과하고 싶다.

조종사를 가르치는
강사로
이름을 떨치며

새로운 길을 찾다

시작하는 방법은, 그만 말하고 바로 행동하는 것이다.
– 월트 디즈니

아직 상처가 완전히 아물지 못했을 때, 나는 공군 항공우주의료원이라는 곳으로 부임을 받았다. 항공우주의료원은 공군에서 가장 큰 병원이기도 하고 일반 장병들의 진료뿐 아니라 공군의 핵심 전력인 조종사들을 선발, 관리 및 치료하는 곳이기도 하다. 전투기는 버려도 조종사는 반드시 구출한다는 말이 있을 정도로 조종사의 양성은 매우 힘든 과정이고, 그런 조종사들을 안전하게 관리하는 것은 전투력 보존 차원에서도 매우 중요한 의미를 가진다고 볼 수 있다. 내가 부임한 곳은 항공우주의료원 안의 항공우주훈련센터라는 조종사들을 교육하고 훈련하는 곳이었고, 나는 조종사를 대상으로 수업을 진행하는 강사로서 일을 하게 되었다.

사실, 나는 그때까지도 사람들 앞에 서는 것이 굉장히 걱정됐었다.

'내가 사람들 앞에서 당당히 수업을 진행할 수 있을까? 사람들이 나

를 비웃지는 않을까?'

이런 부정적인 생각들이 또 다시 나를 엄습하기 시작했다. 그리고 '왜 내가 이런 일을 해야 하나.'라는 불만도 있었다. '만약 내가 의사고시에 합격했다면, 나는 병원에서 환자를 보면서 의사답게 존경받으며 살 수 있었겠지.' 하는 후회들도 나를 힘들게 했다. 그러나 내 마음속 깊은 곳에서는 더 이상 이렇게 남들의 시선에 갇혀 살 수 없다는 두려움과 이제 이 모든 것을 뛰어넘어야 한다는 의지도 같이 자리 잡고 있을 때였다.

어차피 해야 하는 것이라면 정말 잘해 보자 하는 생각이 점점 커졌다. 내가 어디에 있든 조금이라도 사람들에게 도움이 될 수 있다면 그것만으로도 보람이 있을 것이라고 스스로를 위로했다. 나는 '고공생리이론'이라는 수업을 도맡아 공군 조종사뿐 아니라 전국의 공중 근무자에게 수업을 진행했다. 고공생리이론은 저압, 저산소 상태라고 할 수 있는 비행 상황에서의 인체 변화, 의학적 위기 상황 그리고 그 대처법 등을 조종사들에게 교육하는 중요한 수업이었고(그럼에도 불구하고, 당시는 조종사들에게 가장 인기 없는 수업이었다) 만약 조종사들이 제대로 된 지식을 습득할 수 있다면, 비행 사고를 막고 조종사들의 안전한 비행 유지에 공헌할 수 있는 매우 중요한 수업이었다. 그러한 의미 자체가 나에게 수업에 대한 긍정적인 의미를 부여하기 시작했고 늘 그랬듯이 또 다시 열심히 수업 준비를 하려고 노력했다. 내가 왜 이런 수업을 해야 하는지가 아니라 어떻게 하면 잘할 수 있을지에 대해 고민하기 시작했고 이제 모든 것을 다시 시작하고 싶다는 생각이 더 강하게 들기 시작했다.

나는 일단 지금 현 상태에서 조종사 교육의 문제점, 개선 방안 등에 대해서 깊이 고민하기 시작했다. 당시 내가 파악한 가장 큰 문제점은 일단 조종사들이 교육 자체에 관심이 너무 없다는 것이었다. 조종사들은 각 비행단에서 힘든 작전 비행을 수행하고 있기 때문에 체력적으로 많이 지쳐 있었고, 이러한 수업 시간은 조종사들에게 잠시 쉬고 그 피로를 회복할 수 있는 휴식 시간이라는 인식이 매우 강했다. 그래서 일단 교육을 받으러 들어오면 어떻게 하면 수업을 잘 들을 수 있을까가 아니라 어떻게 하면 편하게 잘 수 있을까부터 생각하곤 했다. 두 번째는 기존의 수업 또한 조종사들의 관심을 전혀 유도하지 못했다는 것이다. 만약 그 수업이 조종사들의 생명과 직결되는 내용을 다루고 효율적으로 조종사들에게 전달되고 있다면 아무리 훈련에 지쳐 체력을 소진한 사람이라도 그 수업만큼은 집중할 수밖에 없을 것이다. 그러나 수업 자체가 이론적인 것에 집중하고 실제와는 괴리가 있는 뜬구름 잡는 소리를 하고 있다면 조종사들은 듣고 싶은 마음 자체가 사라져 버릴 것이다. 그동안의 수업 형태를 분석하여 나는 위의 두 가지 큰 문제점을 발견했다. 이런 문제점을 파악할 수 있었기에 개선 방법도 명확해졌다.

'조종사들의 생명과 직결되는 중요한 내용만 뽑아서 약간의 긴장감을 더하여 재미있게 수업을 하는 것.' '조종사들이 내 수업을 듣고 하나

라도 기억을 해서, 향후 비행에 직접적으로 적용할 수 있는 수업을 하는 것.'

일단 그때부터 나는 내가 직접 조종사로서 비행을 하고 있다고 생각하고 내게 일어날 수 있는 여러 가지 상황들을 상상하기 시작했다. 저압, 저산소 상태에서 올 수 있는 중추신경계, 심장, 폐, 소화기관 등의 응급상황을 정리하기 시작했고, 이를 인지하고 대처할 수 있는 방법을 정리하기 시작했다. 2시간의 수업이었기에, 조종사들의 관심을 끌 수 있는 재미있는 사례들도 준비를 했다. 그리고 교수법 동영상을 여러 번 돌려 보면서 발음부터 어조의 강약을 조절하는 법까지 연습을 하기 시작했다. 그리고 팽팽한 긴장감을 유지하기 위해 수업을 시작할 때면 항상 이 수업에서 졸다가는 아까운 목숨을 잃을 수 있다는 가벼운 협박을 더하기도 했다.

수업은 대성공이었다. 조종사들은 내 수업을 끝까지 집중해서 듣게 되었고, 무엇보다 내가 전달하고자 하는 핵심들을 이해해 주기 시작했다. 수업을 들은 조종사들의 감사 인사가 줄을 이었고 여러 사람들을 통해 나에 대한 칭찬이 퍼져 나가기 시작했다. 나는 어느덧 유명인사가 되어 비행단 출장 수업에 초청되는 상황에 이르렀다. 대한항공, 아시아나 같은 민간 항공사에서도 질의나 요청이 왔고 나는 최선을 다해 그들에게 도움이 되고자 노력했다. 특히 내 수업 자료를 요청하는 사람들이 많았는데 나는 모든 자료를 아무 조건 없이 공유해 주었다. 내가 원했던 것은 인기 강사가 되는 것이 아니라 조종사들의 안전에 기여하는 것이었고 그 자료가 필요한 사람이 있다면 누구에게든 공유해 주었다. 사람들의 칭찬이 계속될수록 일은 더 즐거워져 갔으며, 그렇게 두렵던 수업 시간이 이제는 기다려지기 시작했다. 혹시라도 감동적인 이야기나 비행에 관련된 새로운 소식을 접하게 되면 다음 날 수업에서 알려 주고 싶어 가슴 두근거리며 기다리기도 했고, 칭찬이 거듭될 때도 어떻게 하면 좀 더 효율적으로 수업을 할 수 있을지 고민에 고민을 거듭했다. 점점 더 내 수업의 인기는 상승했고 많은 사람들에게 긍정적인 영향을 끼치기 시작했다.

처음에는 정말 하기 싫었던 수업이었지만 어느덧 나는 그 수업 자체를 즐기게 되었고 이제 그냥 의사로 돌아가지 않고 이렇게 조종사들을 위한 강사로 계속 남을까 하는 생각을 하기도 했다. 마치 새로운 적성을 찾은 것 같기도 했고, 한편으로는 이 모든 상황이 신기하기도 했다. 그렇게 하기 싫었던 수업이 이렇게 내게 행복을 주고 있다니…….

항상 한 발짝 더 내디딜 수 있는 용기가 중요하다는 것은 알고 있지만 실천하기가 어렵다. 특히 실패 뒤에 다시 한번 일어서는 것은 더더욱 어려웠고 나에게는 많은 고민과 방황이 필요했다. 내가 이 소중한 경험을 통해 배운 매우 중요한 사실은, 실패에서 벗어날 수 있는 가장 쉬운 방법은 그냥 아무 생각 없이 지금 상황에서 내가 할 수 있는 것에 최선을 다하면 된다는 것이다. 만약 의사가 되지 못했다면 의사가 되지 못한 상태에서 할 수 있는 최선을 다하면 되는 것이고, 천억 부자가 천억의 빚쟁이가 되었다면 천억의 빚이 있는 상태에서 할 수 있는 최선을 다하면 되는 것이다. 내가 취업에 실패해서 또 다음 취업 시기를 기다려야 한다면 취업에 실패한 지금 상황에서 내가 할 수 있는 것을 찾으면 된다. 그렇게 현재의 상황에서 내가 할 수 있는 것을 찾아 최선을 다하면 되는 것이다. 목표에 도달하기 위해 지금 내가 현실의 상황에서 할 수 있는 것, 또 해야 하는 것을 찾아 묵묵히 최선을 다하면 되는 것이다. 실패에 대해 그리고 현실에 대해 너무 깊이 생각하지 말고 꿈과 목표는 원대하게 가슴에 품어야 하지만, 일단 그 시작은 지금 내가 있는 곳의 작은 것부터 시작해야 하는 것이다.

그리고 한 가지 더.

다른 강사들이 나에게 어떻게 인기 강사가 될 수 있었냐고 물어보면 항상 대답해 주던 것이 있다. 그것은 바로 나는 '실제로 수업 내용을 준비하는 것보다 기존 수업의 문제점을 분석하고 해결책을 찾는 데 더 오랜 시간을 들여 준비했다.'라는 것이다. 그렇게 문제점과 해결책에 대한 분석이 끝나면 그에 맞게 수업 내용을 준비할 수 있게 되고, 결국 모두가 원하는 수업을 할 수가 있다. 문제점을 찾기까지 가장 오랜 시간이 걸렸으며, 기존 수업을 반복해서 들으며 분석에 분석을 거듭했던 것이 가장 중요한 이유가 아니었나 싶다.

나는 그때 이후로 원하는 것이 뜻대로 되지 않을 때 지금 상황을 냉철히 분석하는 습관이 생겼다. 가끔씩은 욕까지 섞어 가며 신랄하게 현 상황을 비판해 본다. 원래 사람은 장점을 찾는 것보다 흠집을 찾아내는 것에 더 탁월한 능력을 가진 동물이 아니던가? 현 상태의 문제점을 찾아내고 신랄하게 비판함과 동시에 그것을 극복할 수 있는 해결책까지 찾으려고 노력한다. 거의 모든 문제들은 결국 답을 가지고 있지만, 사실 무엇이 문제인지도 모르기 때문에 해결책을 찾지 못하는 경우가 더 많은 것 같다. 만약 해결책을 찾을 수 없다면 내가 제대로 문제점을 파악하지 못한 것은 아닌지 다시 고민하고 또 고민해야 하는 것이 아닐까 하는 생각이 든다.

두 번째 의사고시 그리고 합격

실수는 불가피한 것일 수도 있지만, 현명하고 올바른 사람은
오류와 실수를 통해 미래를 사는 지혜를 깨우친다.
- 플루타르코스

조종사를 가르치는 인기 강사로서 명성을 떨치면서도 마음속으로는 항상 내가 돌아가야 할 곳을 잊지 않았다. 다시 의사고시에서 실패하는 것은 있을 수가 없는 일이었기에 나는 매일 밤을 의학 공부로 불태우곤 했다. 늘 하던 공부였지만, 이번에는 느낌이 전혀 달랐다. 이제까지는 시험에 떨어져 본 일이 없었기 때문에 했던 공부를 다시 하는 일 또한 내 인생에 없었다. 그러나 지금은 작년에 본 책을 또 봐야 했고 같은 내용을 다시 공부해야 했으며 같은 시험을 다시 치러야 했다. 그것도 새로운 경험이기에 조금은 신선하기도 했지만, 책을 펼칠 때마다 늘 씁쓸한 마음이 들었던 것도 사실이다.

보통 의사고시는 시험 6개월 정도 전부터 준비를 하지만 두 번의 실수는 하지 않기 위해 3월부터 바로 공부를 시작했다. 낮에는 일하고 밤에는 공부를 한다는 것 자체가 처음 있는 일이라 각각의 시간에 집중하

는 것이 많이 어려웠다. 낮에 수업을 할 때는 공부가 생각나고 공부를 할 때는 내일 수업이 생각나고……. 처음에는 그 경계를 명확히 하기가 매우 어려웠다. 그리고 아무리 즐겁게 일을 했다고 할지라도 당연히 사람이기 때문에 스트레스 받는 일도 있었고 마음대로 잘 안되는 날도 있었으며 체력적으로 지치는 날도 있었다. 그런 날에도 공부는 지속해야만 했기에 삶이 힘들고 지루하게 느껴지기도 했다.

그때 나에게는 자신을 다독일 수 있는 방법이 두 가지가 있었다. 하나는 합격을 하고 가족들과 기뻐하는 모습 등 긍정적인 결과를 생각하면서 희망과 가슴 두근거림을 얻는 방법, 또 하나는 부정적인 결과를 상상함으로써 내 자신을 더 채찍질하며 나아가는 방법이다. 흔히 '오지 않은 일에 대한 불필요한 걱정'이라고 말하는 것들이지만은 그 불안 자체가 자신을 채찍질해 나가기도 했다. 이 두 가지 방법 중에 어떤 것을 선택하여 본인의 꿈을 향해 나아갈 수 있는가는 결국 개인의 선택이다. 나는 주로 첫 번째 방법을 택했다. 합격을 하고 부모님이 자랑스러워하시는 상상, 의사로서 가운을 입고 환자를 보는 상상 그리고 모두에게 축하받는 상상 등 긍정적인 생각들을 생생하게 떠올리며 힘들고 지친 내 자신을 다독여 나갔다. 외로운 시간들이었지만 그런 긍정적인 상상들과 함께할 수 있었기에 웃음을 잃지 않고 목표를 향해 조금씩 나아갈 수 있었다.

시험이 한 달여 정도로 다가왔을 때 늘 자신 넘치고 당당하던 나에게도 '혹시나' 하는 두려움이 엄습하기 시작했다. 불합격할 것 같다는 생각은 조금도 없었지만 그래도 불안한 생각들이 밀려오는 것은 어쩔 수 가 없었다.

'혹시나……. 혹시나……. 혹시나…….'

지금 나는 '혹시나'라는 단어를 내 인생에서 지워 버렸지만, 역시 큰 일을 앞두고는 '혹시나'라는 단어가 존재한다는 것 자체가 사람들에게 스트레스를 줄 때가 있다. 시험의 마지막에는 공부하는 것보다 부정적인 생각을 없애는 것이 더 힘들었던 것 같다.

그렇게 치른 나의 두 번째 의사고시는 당연히 합격이었고 많은 사람들로부터 축하를 받았다. 어렵게 얻은 의사 자격증은 나에게 더 큰 의미가 되었고 많은 것을 함께 얻을 수 있게 해 주었다. 의사로서의 면허, 조종사를 가르치는 강사로서의 경험, 실패에도 주저앉지 않고 다시 일어설 수 있는 용기, 부정적인 생각을 긍정적인 생각으로 바꾸려는 노력 등 일 년의 시간 동안 참 많이 성숙했고, 여러 가지를 깨달을 수 있는 시간이었던 것 같다.

그래도 솔직히 참 힘든 시간들이었다. 두 번 다시 겪고 싶지 않은 시간이었고 나로 인해 가족들까지 힘들어 하는 모습을 봐야 했던 비참한 시간이기도 했다. 그때의 복잡한 감정을 글로 표현해 보려고 했으나 어떤 말로도 정확히 표현해 낼 수가 없다. 그냥 정말 힘든 시간이었다는 말밖에 나오지가 않는다.

그냥 이 모든 것을 이겨 낸 내 자신이 너무나도 대견하고 자랑스럽다는 말로 대신하려고 한다.

인턴 수석
그리고
로스쿨 합격

인턴 대표, 인턴 수석, 로스쿨 합격

하느냐의 문제가 아니야, 언제 하느냐의 문제야.
- 미생

두 번의 시험을 거쳐 비로소 의사가 된 후 나는 국군수도병원에서 인턴 생활을 시작했다. 국군수도병원 인턴의 장점은 여러 가지가 있지만 가장 마음에 들었던 것 중 하나는, 서울대병원, 아산병원, 삼성병원에 파견 근무를 함으로써 소위 말하는 대한민국 빅3 병원을 모두 경험할 수 있다는 것이었다. 나는 서울대병원에 대한 경험은 있었지만, 삼성 및 아산병원의 시스템에 대해서는 아는 것이 없었고 언젠가 그런 병원에서도 일하고 싶다는 막연한 기대감만 가지고 있을 뿐이었다. 국군수도병원 인턴 수련을 통해 서울, 아산, 삼성병원 파견 근무를 하며 좀 더 객관적으로 병원에 대해 생각할 수 있었고, 각 병원의 장점과 단점을 알 수 있게 되었다. 내가 궂은일을 도맡아 하는 것을 좋아하다 보니 인턴 대표로서 좀 더 뜻깊게 인턴 생활을 할 수 있었던 것도 좋은 경험이 되었던 것 같다. 나에게는 시련 끝에 얻은 소중한 의사 면허였기에 첫 시작이라 할 수 있는 인턴 생활을 헛되이 보낼 수 없었다. 의사고시 준비 기간 동안에도 인턴이 되었을 때 도움이 될 만한 것들을 미리 정리해 둔 터라 남들보다는 좀 더 편하게 적응을 할 수 있었다. 무엇보다도 의사가 된 것에 대한 가슴 벅참과 열심히 하려는 의지가 충만해 있었기 때문에 인턴 생활은 심적으로 그리 힘들게 느껴지지 않았다. 그래서 인턴 업무 및 대표 역할 또한 즐기면서 할 수 있었고 다른 병원으로 파견을 나갔을 때에도 병원의 여러 가지 시스템적인 측면에 대해서도 많이 배우려고 노력했다. 물론 많은 친구들을 만났고 우정을 쌓고 추억도 만들 수 있었다. 그러한 노력들 때문이었는지 나는 일 년간의 인턴 성적에서도 수석을 차지할 수 있었고, 국군수도병원장님 표창을 받고 인턴 생활을 끝낼 수가 있었다.

그리고 나는 한 가지 더 준비를 했었다. 뜬금없기는 하지만 로스쿨 입시였다. 나는 의과대학에서 송촌이라는 봉사 동아리를 하면서 여러 가지 의료 문제 및 시스템의 부조리에 대해 통감을 할 수 있었다. 그리고 의대 4학년 때는 서브인턴 실습으로 자신이 원하는 곳에 가서 공부를 할 수 있는 기간이 있는데 나는 '해울'이라는 의료 법률 전문 사무소에서 실습을 했었다. 약 두 달간의 경험이었지만, 여러 가지 의료 분쟁을 목격할 수 있었고 의료는 매우 전문적인 분야이기 때문에 의료법의 적용 및 판결이 매우 복잡하고 어렵다는 것을 알 수가 있었다. 환자 한 명 한 명에 대해 진료를 하는 것도 중요하지만 제대로 된 진료가 이루어질 수 있도록 법을 정비하고 그 법 안에서 약자를 보호하며, 필요하다면 정확한 시시비비를 따질 수 있는 의료 정의가 절실함을 느낄 수 있었다. 그 당시에는 그런 필요성을 막연하게 느끼고 있었을 뿐이었지만 의사고시에 실패하고 두 번째 시험을 준비하면서 좀 더 구체적으로 생각을 하게 되었고, 한번 해 보자는 의지가 생겼다. 그래서 나는 인턴 생활 틈틈이 로스쿨 입시를 준비했다. LEET, 영어 시험, 논술, 면접, 자기소개서 등 로스쿨 입학에 필요한 준비를 했었다. 그리고 내가 원했던 두 군데 대학에 원서를 넣었고 최종 결과 두 대학 모두에 합격을 할 수 있었다. 특히 내가 가고 싶어 했던 성균관대는 우선 선발로 합격을 했었고 여러 가지 혜택도 누릴 수가 있었다.

의사로서의 삶을 시작할 수 있는 것만으로도 행복한 한 해였고, 감사하게도 인턴 수석을 하게 된데다가 또 다른 꿈이었던 로스쿨에도 합격하게 되어 더할 나위 없이 기뻤던 한 해였다. 일 년 동안 정말 바빴지만 준비하는 순간순간이 행복했었고, 내 가슴이 뛰는 것을 느낄 수가 있었다. 삶의 희망이라는 것이 이런 것이었구나 하는 느낌도 받을 수 있었다. 합격도 중요했지만, 그 과정들 속에서 나는 정말 행복했었다. 아무 생각 없이 오늘 하루를 살아가고 내게 주어진 의무만을 어쩔 수 없이 행하게 되는 수동적인 삶이 아니라 내가 내 삶의 주인공으로서 원하는 삶을 살아가는 소위 말하는 능동적인 삶의 행복을 느낄 수 있었던 것 같다. 밤에 수면 시간을 줄여 로스쿨을 준비할 수밖에 없었고 자투리 시간도 쪼개어 쓸 수밖에 없는 바쁜 생활이었지만 오히려 그런 노력을 통해 얻을 수 있었던 미래에 대한 희망 그리고 능동적인 삶에 대한 환희가 의사로서의 내 본연의 업무도 더 신나게 할 수 있게 해 주었다.

일을 하다 보면, 어느 순간 우리는 시스템 안에 들어가 기계의 한 부품처럼 자신이 맡은 일만을 수행하게 된다. 자신이 해야 하는 일들은 정해져 있으며 때론 모호한 업무 범위로 인해 이해관계가 상충하는 주위 동료들과 다투기도 하지만, 대부분 규정이나 관습으로 정해져 있는 과업들을 수동적으로 행하게 되는 경우가 많다. 내가 원하는 삶, 내가 주도하는 삶이 아니라 그런 규정이나 관습들에 의해 지배받고 있는 삶인 것이다. 내가 행복하지 않으면, 내가 신나지 않으면 아무 의미가 없다는 것을 알고는 있지만, 실제로는 그건 이상일 뿐이라고 생각하며 그냥 현실에 순응하고 살아가게 되는 경우가 많다. 지금 내가 하고 있는 일과 해야만 하는 일도 중요하지만 반드시 삶에는 목표가 있어야 하고, 규정과 관습이 아니라 그 목표에 의해 지배 받는 능동적인 삶이 되었을 때 우리는 좀 더 행복해지지 않을까 하는 생각이 든다. 내가 내 인생의 주인임을 온전히 느끼고 누릴 수 있는 삶, 내가 목표로 하는 삶을 위해 내 아까운 시간을 온전히 투자할 수 있는 삶 그리고 그런 희망들에 의해 가슴 뛰는 삶…….

나는 앞으로도 그런 삶을 계속 추구하며 살아가고 싶다.

하늘을 감동시켜 운명을 바꾼다

인생의 가장 쓰라린 비극적 요소는 이성이 없는 운명,
혹은 숙명을 믿는 것이다.
- 에머슨

로스쿨에 합격은 했지만 로스쿨에 진학하기 위해서는 여러 가지 문제가 남아 있었다. 인턴만 하고 레지던트를 하지 않는 것은 흔하지 않은 행보였는데 더군다나 바로 로스쿨에 진학하는 것은 더욱 더 파격적인 일이였다. 부모님과 가족들을 설득하는 것도 문제였지만 나는 공군에 소속되어 있는 상태라 먼저 공군을 설득할 수 있어야 했다. 그래도 내 목적과 의도가 선했고 결과도 옳을 것이라는 확신을 가지고 있었기에 끝까지 한번 밀어붙여 보기로 했다. 부모님과 가족들을 찾아뵙고 내 진심을 전했고 나의 성향을 아시는 부모님은 찬성도 반대도 하지 않으셨다. 늘 내가 신중을 기하여 선택하는 것을 알고 계시고 무엇보다 한번 정하면 끝까지 밀어붙이는 추진력이 있다는 것을 아셨기 때문일 것이라 생각한다. 아버지는 오히려 적성에 맞는 일을 찾은 것 같다고 좋아하시기까지 하셨다.

공군을 설득시키는 것은 예삿일이 아니었고 매우 조심스러운 부분이 있었다. 그러나 당시 상황은 군 내 의료사고 등이 이슈화되면서 군 의료 시스템 개선이 절실한 시점이었고, 그 시스템의 핵심이라 할 수 있는 '군 의료 관련 법과 규정'을 재정비할 필요성이 있었다. 그리고 이제는 군에서도 의료 정의를 구현할 '군 의료 법률 전문가'가 필요하다고 확신했다. 무엇보다 내 자신이 의료적인 부분뿐 아니라 법에 대한 강력한 열망과 의지가 있었고 기회를 준다면 최선을 다해 그 역할을 수행해 보고 싶은 의지가 있었다. 현 상황은 변호사보다 의사가 오히려 경제적으로 좀 더 안정된 직업으로 평가되는 상태로 레지던트를 포기하고 로스쿨을 간다는 것 또한 사람들에게 개인적인 욕심으로 보이지는 않으리라 생각했다. 그러나 많은 노력에도 결국 내 진심은 통하지 않았고 나는 매우 좋은 조건으로 로스쿨에 합격했음에도 불구하고 결국 진학하지 못하는 상황에 처하게 되었다.

그 무렵 성균관대에서 입학 축하 모임이 있었고, 이왕 이렇게 된 거 마지막으로 그 모임에나 참석해 보자라는 자포자기의 심정으로 나도 그 행사에 참가했다. 당시 법학전문대학원장님 축하 인사 시간이 있었는데 처음으로 ○○○ 원장님을 만나 뵈었고, 짧은 축하 인사 속에서 나는 성균관대 로스쿨의 비전 및 향후 법률가로서의 비전을 함께 들을 수가 있었다. 다시 한번 가슴이 뛰기 시작했고 법에 대한 나의 열망이 더더욱 강하게 불타오르기 시작했다. 당시 원장님께서는 축하 인사 말씀이 끝나고 바쁘신 일정이 있어 축하 행사가 끝나기도 전에 먼저 퇴장

하셨는데 나는 귀신에 홀린 것처럼 행사장을 나가 원장님을 따라갔다. 그리고 원장실로 가시는 발걸음을 세우고 인사를 했다.

"저는 이번에 우선 선발로 합격하게 된 김계현이라고 합니다. 저의 인생이 걸린 일이라서 그러니 저에게 10분간의 시간만 좀 양보해 주십시오."

원장님께서도 정말 황당하셨을 것이라 생각되지만 감사하게도 원장실로 초대하여 차를 꺼내주시며 내 이야기를 들어주셨다. 그때도 입학자들에 대한 설명회가 진행되고 있었고 다른 학생들은 향후 학교생활에 대한 설명을 듣고 있을 때였다.

"원장님 저는 이런 여러 가지 이유로 반드시 법을 공부해야 합니다. 그러나 현재 공군에서 반대하여 공부를 포기할 수밖에 없는 상태입니다. 원장님께서 저를 좀 도와주십시오."

지금 생각해도 너무 당돌한 말이었지만, 원장님께서는 그런 나의 진심을 받아 주셨고 결국 원장님께서 직접 공군참모총장님께 편지를 써 주시기로 하셨다.

"삼 일 뒤에 일단 한 장 정도로 해서 네가 글을 한번 써서 가져와 보거라."

정말 말도 안 되는 일이 벌어졌지만 나는 삼 일 뒤 고민을 거듭한 다음 한 장짜리 글을 써서 원장님께 가져갔다.

"법을 전공하겠다는 사람이 이렇게 글을 못 쓰면 되겠나?"

그렇게 말씀하시고는 원장님께서 처음부터 한 줄 한 줄 글을 쓰시기 시작했다. 그리고 2장에 걸쳐 글을 쓰신 다음 성균관대 마크가 찍혀 있는 공식 종이에 인쇄를 한 후 원장님 이름으로 직접 편지를 써 주셨다. 정말 영화 같은 일이 내 눈앞에서 펼쳐지고 있었던 것이다. 나는 원장님께 몇 번이나 감사하다는 말씀을 드렸다.

그리고 운전하고 돌아오면서 문득 이런 생각이 들었다.

'인턴 업무 및 대표 업무까지 하면서도 나는 주경야독하여 로스쿨에 합격했고……. 그리고 끝까지 포기하지 않고 원장님까지 찾아뵙고 또 이런 말도 안 되는 일까지 벌이고 있으니 하늘도 나의 정성은 이해해 주시겠지. 나의 동기가 선하고 과정이 정의로웠기에 하늘 또한 감동하여 내가 뜻한 바를 이루어 주겠지.'

그러나 결국 나는 로스쿨에 진학할 수가 없었다. 그때는 너무나도 가슴이 시리고 아팠지만 지금 돌이켜 생각해 보니 조직 전체의 측면을 고려한 공군의 선택이 옳았다는 생각이 든다. 그러나 한 가지 분명한 것이 있다. 만약 내가 로스쿨 공부를 시작하지 않았다면 그리고 로스쿨에 못 가게 되었을 때 그렇게 원장님을 찾아가지 않았다면 나는 두고 두고 큰 후회를 했을 것 같다는 것이다. 의사 생활을 지속하는 동안에도 계속해서 로스쿨에 대한 미련이 남았을 것이다. 어쩌면 죽기 전까지 잊히지 않을지도 모르며 그때 내가 좀 더 적극적이지 못했던 것을 후회하며 눈을 감게 될지도 모른다. 결과적으로는 로스쿨에 진학하지 못했지만 지금 나는 후회나 미련 없이 매우 후련한 상태이다. 나는 주어진 조건에서 '인간이 할 수 있는 최선'을 다했고 내가 원하는 것을 못 이룬 것은 결국 운명이 나를 받아 주지 않았기 때문이다(물론 내 스스로가 그렇게 받아들인 것이다). 인간이 할 수 있는 최선을 다했다는 것. 그렇게 열심히 모든 것을 쏟아붓고 나면 포기하는 것도 과감해질 수 있다. 적어도 나는 그 일에 대한 후회와 미련은 남기지 않았다.

그리고 평생 은인으로 모실 ○○○ 원장님을 만날 수 있게 되었고, 내 나름대로의 좋은 추억도 만들 수 있었다. 결과가 아닌 과정이 중요하기에 나의 최선을 다하는 태도가 늘 내 삶을 좀 더 다양한 이벤트들로 풍성하게 채워 주고 있었다.

그런 나를 잊지 않고 원장님께서는 격려 메일까지 보내 주셨다. 아마 평생 잊지 못할 좋은 추억이 될 것 같다. 앞으로 원장님께서 말씀하신 대로 법에 대한 열망을 잃지 않고 사회 정의를 실현하는 데 앞장서는 삶을 살아가고 싶다.

조종사 선발 신검센터

내 꿈이 소중하듯, 타인의 꿈도 소중하다

당신이 가슴 뛰는 삶을 사는 것,
그것은 당신에게 주어진 진리의 길이자 이번 생의 목적입니다.
- 다릴 앙카

로스쿨에 진학하지 못하게 되면서 나는 여러 가지 이유로 또 일 년을 쉬게 되었다. 물론 레지던트 과정에 바로 들어갈 수 있는 방법도 있었지만 나는 다시 한번 내 마음을 추스르고 새로운 비전을 찾을 시간이 필요했기에 일 년을 다시 쉬기로 했다. 사정을 모르는 사람들로부터 레지던트 시험에서 떨어졌다는 이야기도 나돌았지만 전혀 신경 쓰지 않았다. 의사고시도 떨어진 사람인데 그런 비난에 눈 하나 깜빡하겠는가? 그렇게 나는 이전에 근무했었던 공군 항공우주의료원으로 다시 돌아갔다. 이번에는 조종사를 교육하는 강사로서가 아니라 조종사를 선발하는 신검 과장으로서 근무를 하게 되었다.

우리나라에는 조종사가 될 수 있는 여러 가지 방법들이 있다. 고등학교를 졸업하고 공군사관학교에 진학하는 방법, 항공운항과가 개설되어 있는 항공대 등의 민간 대학을 가는 방법, 미국에 가서 조종사 양성 과정에 들어가는 방법 등 어렵고 험난한 길이지만 여러 가지 방법들이 있기는 하다. 확률상으로 보았을 때 조종사가 될 확률이 가장 높은 방법은 공군사관학교에 입학하는 방법이다. 매년 200명 정도의 학생들이 입학하고, 40% 정도는 조종사로서 성장하게 된다. 공군은 최신예 전투기에서부터, 수송기, 정찰기, 헬기 등을 운용하고 있고, 수십 년간 많은 조종사를 양성하고 관리하고 있다. 조종사에 대한 선발, 교육, 관리, 치료까지 그 노하우와 경험은 단연 공군이 대한민국을 선도할 정도로 압도적이다. 특히 조종사를 선발하는 것은 개인의 생명과 직결되는 것이기에 매우 중요하고 민감한 문제라고 할 수 있다. 신체적인 결함이 있는데 신체검사(신검)에서 실수로 통과하게 되면, 향후 조종사로서 활동하는 도중에 그 문제로 인해 본인과 많은 사람들의 생명을 잃게 할 수도 있기 때문이다. 그래서 항공대, 한서대 등 항공운항과를 가지고 있는 민간 대학들은 공군 측에 신체검사를 부탁해서 위탁 운영을 한다. 공군 내 자원뿐 아니라 그러한 민간 조종자원 선발까지 항공우주의료원에서 담당을 하고 있고 그 중심에 신검 과장이 있는 것이다. 신검 과장은 사관생도 선발, 민간 조종자원 선발, 육, 해, 공 조종사 입과 과정 선발, 일반 장병 건강검진까지 책임져야 하는 막중한 자리라고 할 수 있다. 여러 가지 일들로 혼란스러웠기에 일 년 여유를 가지고 싶어 항공우주의료원으로 돌아왔지만 나는 또다시 막중한 자리를 맡을 수밖에 없었다.

조종사가 블루오션으로 분류되다 보니 조종사 선발에 대한 관심이 많았고 항공우주의료원에 신체검사를 문의하거나 부탁하는 사람들도 많았다. 그러나 공군항공우주의료원은 군의 임무를 우선적으로 수행하다 보니 민간에까지 적극적인 지원을 할 수 없는 것이 현실이었다. 항공우주의료원에 계신 원장님, 진료부장님 등의 선배들로부터 신검 확대의 필요성에 대한 이야기도 많이 들었고 이미 신검센터에 대한 Task force team도 구성되어 있었지만 진행된 것은 아무것도 없었다 그냥 필요성만 강조되고 있을 뿐이지 실제로 추진하고 있는 사람은 없었던 것이다. 어차피 나도 일 년 뒤에는 떠날 예정이었기 때문에 그냥 있는 듯 없는 듯 근무하다가 떠나고 싶은 것이 내 솔직한 마음이었고, 업무에 대한 큰 의지도 없었기 때문에 그런 문제점을 보고도 애써 모른 척하고 있었다. 그러던 어느 날 한 고등학생 아들을 둔 어머니와의 전화 통화가 내 가슴속의 열정을 다시 한번 불타오르게 했다.

"제 아들이 어렸을 때부터 조종사가 되고 싶어 했습니다. 지금 고등학교 2학년인데, 내년에 항공대학교 진학을 목표로 하고 있습니다. 그러나 공부를 아무리 잘해도 신체검사에서 떨어져 버리면 조종사가 될 수 없기 때문에 먼저 신체검사를 좀 받을 수 없을까 해서 연락을 드립니다."

"저희는 원칙적으로 공군에 속한 기관이고 군 선발만으로도 빠듯하기 때문에 민간 선발까지 담당할 여력이 없습니다. 죄송합니다."

"제 아들의 미래가 달린 일입니다. 한 번만 좀 부탁드립니다. 도와주신다면 그 은혜는 절대 잊지 않겠습니다."

"아……. 저희는 원칙적으로……."

생각해 보자. 나는 고등학생인데, 향후 조종사가 되는 것이 꿈이라 항공운항과에 진학하려고 한다. 공부는 전국 1%에 들 정도로 잘하기 때문에 성적으로는 문제가 없다. 결국 항공운항과에 합격하였고 비싼 등록금을 내면서 4년 동안 학교를 다녔다. 그런데 막상 조종사가 되려고 하니 졸업할 때 시행하는 조종사 신체검사에서 떨어져서 조종사가 될 수 없다. 그때 내가 항공운항과에만 오지 않았어도 의대, 법대 등에 진학하여 또 다른 꿈을 펼칠 수 있었다.

이런 일이 당신에게 펼쳐진다면 정말 억울하지 않겠는가?

특히 나는 로스쿨에 합격하고도 여러 가지 이유로 꿈이 좌절된 상태였기 때문에 그 아픔이 얼마나 큰지 누구보다 잘 알고 있었다. 그 고등학생 어머니의 이야기가 남 일처럼 느껴지지 않았고 도와주고 싶은 마음이 솟구치기 시작했다. 내 꿈이 좌절되어 상처 받았듯이 타인의 꿈도 매우 중요하며 그 꿈이 좌절된다면 그들도 나처럼 상처를 받게 될 것이다. 타인의 꿈까지 존중하고 지켜 줄 있는 사회가 진정으로 정의로운 사회라고 할 수 있을 것이다. 잠시 일 년 쉬어야겠다는 생각으로 공군 항공우주의료원에 돌아온 것이었지만 이제 나에게도 이 일을 열심히 해야 하는 가슴 뛰는 이유가 다시 생기게 된 것이다.

조종사가 되려는 학생들의 꿈을 실현시켜 주며

꿈을 기록하는 것이 나의 목표였던 적은 없다.
꿈을 실현하는 것이 나의 목표이다.
– 만 레이

그렇게 또 다시 나의 열망이 불타오르기 시작했다. 늘 그랬듯이 답을 찾기 위해 현재의 문제점을 낱낱이 분석했다. 실제로 신검 진행 과정을 보고 경험자들의 이야기를 듣고 시뮬레이션해 보며 왜 신검 인원을 늘릴 수가 없는지 분석하기 시작했다. 일주일 정도 고생하며 분석한 결과 크게 세 가지 원인이 있었다. 첫째는 일 년 중에 근무일은 정해져 있고 이미 군 관련 신검이 차지하는 비율이 높았기 때문에 신검을 겹쳐서 진행하지 않는 한 신검 날짜를 빼서 민간까지 확대하는 것이 불가능했다. 둘째는 신검을 진행할 수 있는 우리 신검과의 인원이 너무 부족했다. 우리 신검과는 나를 포함해서 총 다섯 명 정도가 한계이고(처음에는 나 포함 3명이었다) 실제 신검 진행 때 네 명 정도 지원받아 아홉 명 정도가 최대 인원이기 때문에 신검을 진행할 수 있는 능력도 그만큼 적어지는 것이다. 셋째는 신검을 진행할 수 있는 공간이 부족했다. 신검을 위한 별도의 공간과 장비 없이 다른 사람들이 같이 쓰는 강당이나 복도에서 진료용 의료 장비를 공유하며 신검을 진행하고 있었기에 진료 때문에 신검이 늦어지기도 했고 다수의 신검 인원도 수용할 수가 없었다. 이렇게 문제점을 뽑고 나니 해결책은 간단해졌다.

'그 해결책은 조종사 선발 신검센터를 별도로 만드는 것.'

결국 민간에까지 신검을 확대할 수 없는 이유는 부족한 시간, 인원, 장소 및 장비였기 때문에 신검을 전담하여 시행할 수 있는 신검센터를 만들게 되면 모든 문제는 해결될 수가 있었던 것이다. 신검센터를 통해서 신검 대상자를 따로 관리하고 진료 장비와 신검 장비를 별도로 배치하여 진료와 신검을 분리하며 신검에 특화되어 있는 신검 전담 인원들이 여러 신검을 동시에 진행할 수 있다면 이 문제는 해결될 수가 있는 것이다. 물론 신검을 전담하는 전문가들이 선발된다면 효율적인 신검 진행이 가능하여 신검자 수를 대폭 늘릴 수 있는 효과도 있을 것이다.

이렇게 해결책을 찾고 나니 문제는 쉬워 보였으나 사실 처음에는 너무 막막했었다. 신검센터의 필요성에 대해서는 이제 누구라도 이해가 될 것이다. 군 내에서도 신검 확대의 필요성에 대해서 여러 번 이야기가 나왔었고, 기능은 못 하고 있었지만 Task force team도 창단되어 있었으며 민간 학생들의 요구도 빗발치고 있었다. 그러나 신검 공간, 인원 그리고 의료 장비 문제는 어떻게 해결할 것인가? 그리고 민간 자원을 조직적으로 관리할 수 있는 시스템은 어떻게 만들 것인가?

어쨌든 목표는 분명해졌기 때문에 그 목표를 실행하기 위해 일단 가이드 맵을 만들기로 했다. 나는 3월에 공군 항공우주의료원으로 부임했는데 목표는 5월까지 3개월 안에 완성하는 것으로 해서 가이드 맵을 만들기 시작했다. 5월에는 제 기능을 할 수 있어야 고등학생들의 수시 모집 일정에 맞출 수가 있었고 그들에게 조금이라도 빨리 희망을 전할 수 있기 때문이었다. 그리고 3개월 동안 조금의 시간 낭비도 없이 순차적으로 업무를 진행하기 위해 타임 테이블을 완성하기 시작했다. 비록 3명의 인원이었지만 하루의 대부분을 함께하며 자유롭게 의견을 교환하기 시작했다. 인원이 부족하니 일단 3명이 신검을 운영할 수 있는 계획을 먼저 짜고 다른 부서에서 수시로 도와줄 수 있는 인원을 고려하여 plan B도 마련했다. 그리고 여러 번의 brain storming 결과로 신검 진행 장비는 각 비행단에 남아 있는 여분의 장비를 빌리기로 했고 수소문하여 신검에 필요한 이비인후과 및 치과 장비를 구할 수가 있었다. 군 조직이라 민간 학생들이 쉽게 접근할 수가 없기에 학생들이 쉽게 지원할 수 있는 신검 홈페이지도 만들었고 원하는 신검일에 지원하여 신검을 진행하고 결과표도 출력할 수 있는 시스템도 구축했다. 그것만으로도 일단 신검센터는 운영될 수 있었지만, 향후 리모델링된 좋은 환경에서 신검 받는 것을 상상하며 국방부에 예산 신청서도 제출하였다. 불가능할 것만 같은 신검센터가 점점 현실화되어 가고 있었고 5월이 다가올수록 우리는 목표 기한을 지키기 위해 더욱 박차를 가했다. 그리고 5월 말에 거짓말 같은 일이 일어났다. 우리는 새로 만들어진 신검센터에서 성공적으로 첫 신검을 돌릴 수 있었다.

그렇게 시작된 신검센터의 반응은 폭발적이었다. 블로그 등을 통해 학생들에게 신검센터에 관련된 이야기가 퍼져 나가기 시작했고 점점 지원하는 사람들이 늘어나기 시작했다. 당연히 연간 신검 인원수는 작년과 비교할 수 없을 정도로 크게 늘어났으며 우리가 처음에 목표한 신검 인원보다 훨씬 더 많은 사람들에게 신검 서비스를 제공할 수 있었다.

물론 우리 힘만으로 한 것은 아니었다. 원장님, 진료부장님의 전격적인 지원이 있었고 무엇보다 우리의 고생을 알고 있는 타 부서 사람들의 많은 지원이 있었다. 그렇게 우리는 신검센터를 만들어 운영을 했고 고등학생들의 소중한 꿈의 실현을 도와줄 수가 있었다.

그 당시 나는 법을 공부하고 싶은 꿈이 좌절된 상태였다. 꿈은 희망과 행복의 근원이 되어주는 것이기에 그것이 좌절되었을 때의 고통은 이루 말할 수가 없다. 특히 나이가 어릴수록 그 고통은 더 크게 느껴질 수도 있을 것이다. 내가 그렇듯 타인도 마찬가지일 것이라 생각한다. 모두가 나름대로의 꿈과 목표를 가지고 최선을 다해서 살아간다. 열심히 노력했지만 그 꿈이 좌절되었을 때, 특히 그것이 자신의 부족함이 아닌 다른 외력에 의해 좌절되었을 때 그 고통은 훨씬 더 힘들게 다가올 수가 있다. 지금 청춘들이 겪고 있는 고통의 핵심이 바로 그것이 아닐까 싶다. 모두가 공정하게 경쟁하여 꿈과 목표를 이룰 수 있는 세상, 비정상적인 외력에 의해 내 꿈이 좌절되지 않는 세상, 그런 세상이 오기를 기다리며 이 땅의 청춘들은 아직도 희망의 끈을 놓지 않는 것일지도 모른다.

"내 꿈이 소중하듯 타인의 꿈도 소중하다."

이 말이 얼마나 소중한지를 새삼 느끼게 되는 것 같다.

국내 최고의 조종사 선발팀

잊지 말자. 나는 어머니의 자부심이다.
– 미생 中

지금 생각해 봐도 신검센터를 만든 것은 정말 기적적인 일이었다. 가끔 그때 우리가 만든 신검센터를 방문하면 가슴 뭉클해지는 순간이 있다.

처음 시작은 나를 포함하여 단 3명이었다. 30살의 김계현 대위, 40대 초반의 박 상사 그리고 30대 중반의 문 중사……. 지금도 많이 그리운 사람들이다. 우리 셋 모두 아픔이 있는 사람들이었다. 나는 로스쿨에 진학하지 못하고 군대로 되돌아와 신검과로 부임 받았고, 박 상사는 진급을 위해 다른 부서로 가고 싶었으나 가지 못하고 어쩔 수 없이 신검과로 왔으며, 문 중사는 도박 의혹에 휩싸여 상처를 받은 사람이었다. 처음에는 3명 모두 신검센터에 대한 큰 뜻이 없었으며 불만만이 가득한 상태였다. 3명이 처음으로 만나던 날, 우리는 앞다투어 자신의 신세 한탄만 늘어놓았던 것이 생각난다.

일단 신검센터를 제대로 만들기 위해서는 우리 3명이 서로를 믿고 하나가 되는 것이 중요했다. 비록 상처를 안고 신검과로 모이기는 했지만 누구도 예상치 못한 성과를 내어 멋지게 반전해 보고자 하는 마음이 모두에게 있었다고 생각한다. 비록 계급도 나이도 달랐지만, 그래도 우리 3명은 늘 가족처럼 함께했고 서로를 칭할 때도 가족이라는 단어를 썼다. 오히려 혈연으로 이어진 가족들보다 함께 있는 시간이 더 많았고 서로에게 의지하는 시간이 많았기 때문이다. 아침부터 밤까지 같이 야근하며 서로의 의견을 교환했고 어떤 어려움이 생기든 함께 극복해 나갔다. 일은 힘들었지만 항상 즐거워야 했기에 시간 내어 밥도 먹고 당구도 치고 술도 마시며 스트레스를 함께 풀었다. 물론 그 시간들 속에서도 제일 중요한 대화 내용은 신검센터에 관한 내용이었다. 놀고 있는 와중에도 아이디어들이 쏟아졌는데, 지금 생각해 보니 오히려 사무실에 있을 때보다 더 많은 아이디어들이 쏟아져 나왔고 우리는 다음 날 그것들을 하나하나 실현시켜 갔다.

비록 3명이었지만 박 상사와 문 중사는 나에게 없는 큰 장점들을 가지고 있었다. 박 상사는 어떠한 순간에도 차분함과 침착성을 유지하고 서두르지 않는 장점이 있었고, 문 중사는 번뜩이는 아이디어와 뛰어난 창의성이 있었다. 나는 조금이나마 법을 공부한 사람답게 내부 또는 외부 문서를 논리적으로 만드는 것에 탁월하여 대부분의 문서를 작성하고 처리하는 역할을 했다. 신검의 전체적인 진행 및 운영은 침착성을 가진 박 상사가 진행하였으며 신검 프로그램을 만드는 것은 창의력이 뛰어났던 문 중사가 담당을 했다. 서로의 탁월한 능력을 존중하며 우리는 차근차근 일을 해 나가기 시작했다. 서로의 과거에 대한 나쁜 소문이 들릴 때도 있고 다른 사람들에게 상처 받는 일도 있었지만 나는 오로지 이 두 사람만을 전적으로 믿고 의지해 나갔다. 아마도 이 두 사람도 마찬가지였으리라 생각한다.

그렇게 3월부터 시작한 세 달 정도의 힘든 신검센터 준비 기간이 지나 첫 신검이 끝났을 때, 우리는 우리가 이룬 성과에 너무나 뿌듯하고 행복해했었다. 서로가 있기에 가능한 일이었고 무엇보다 하루하루 정말 열심히 했기 때문이었다. 물론 뒤에는 김 하사 등 좀 더 많은 식구들이 들어왔고, 중간중간 다른 부서 사람들의 도움도 많이 받았지만, 그래도 나에게는 박 상사 와 문 중사가 더 끈끈하게 느껴지곤 한다.

신검센터가 순항하고 있을 때 항공우주의료원의 많은 사람들이 나에게 물어본 적이 있다.

"나는 신검센터가 불가능할 줄 알았는데, 어떻게 된 거야?"

답은 너무나도 당연할지 모르겠지만, 결국 '사람들의 도움' 덕분에 신검센터는 창립될 수 있었다. 언제나 나와 함께해 주는 박 상사와 문 중사, 뒤에서 나를 지원해 주는 원장님, 진료부장님 그리고 항공우주의료원의 많은 과장들과 부서원들……. 그 모두가 있었기에 신검센터도 가능했던 것이라 생각한다. 나 또한 힘들 때 절대 혼자 해결하려 하지 않았고 부끄럼 없이 그들에게 도움을 청해 조언을 받았다. 내가 먼저 마음을 열었기에 그들도 진심으로 나를 도와줬던 것이라 생각한다. 물론 그 반대의 경우에도 나도 진심을 다해 도움을 주었다.

신검센터라는 작은 성공을 통해 사람이 얼마나 중요한지 다시 한번 느끼게 되었다. 나를 위해 진심으로 일해 줄 수 있는 사람이 많다면 그 사람은 반드시 성공할 수밖에 없다. 왜냐하면 그 사람들이 있는 한 어떤 시련과 위기가 와도 함께 극복해 나갈 수 있을 것이기 때문이다. 내가 하지 못하는 것을 아무렇지 않게 할 수 있는 사람들이 있다. 내가 10개 중 9개를 잘한다 할지라도 내가 못하는 1개를 잘하는 사람이 분명히 있다. 내가 9개를 잘한다고 우쭐대지 않고 내가 못하는 1개를 잘하는 사람에 대해 진심으로 존경하는 마음을 보여 준다면 언제든지 그들과 함께할 수 있으리라 생각한다. 물론 나 또한 그들이 힘들 때 진심으로 도와주려는 마음이 있다면 말이다.

결국 성공은 사람을 통해 이루어진다는 것을 느낄 수 있는 중요한 경험이었다고 생각한다. 우리의 작은 노력이 조종사를 꿈꾸는 많은 학생들에게 희망을 주는 성과를 이루어 냈기에 더욱 값진 경험이었다고 생각한다.

이제는 각자의 길로

인간은 스스로 원하는 만큼의 행복을 얻는다.
- 에이브러햄 링컨

정신없이 신검센터를 만들고, 또 바쁘게 신검을 진행하다 보니 어느덧 일 년이라는 시간이 흘렀다. 우리가 예상했던 것보다 더 많은 수의 신검을 진행했고 많은 사람들의 꿈을 이루어 줄 수 있었다. 그해 공군사관학교 생도들도 우리 손으로 뽑았고, 육, 해, 공군 조종자원들도 우리가 선발했다. 민간대학 항공운항과 지원자들도 우리가 선발했으며, 조종사가 되고 싶어 하는 많은 사람들에게 그 첫걸음을 열어 줄 수 있었다. 선발 신검뿐 아니라 향후 조종사가 되기 위해 의학적으로 무엇을 조심해야 하는지에 대해서도 일일이 교육을 곁들였고 여러 가지로 도움이 되었을 것으로 생각된다.

어느덧 일 년이 흘러 각자의 길을 떠나야 할 때가 왔다. 다행히도 박 상사는 남아서 우리의 소중한 신검센터를 지켜 주기로 했고, 나는 삼성서울병원 내과 레지던트 과정을 밟기로 했다. 그리고 문 중사는 여러 가지 사정으로 고민 끝에 결국 제대를 하기로 했다.

사실 문 중사는 2년만 더 근무하면 20년 근무가 되기 때문에 연금을 받을 수가 있었다. 문 중사의 능력은 믿어 의심치 않았지만, 그래도 걱정되는 마음에 연금을 받을 수 있도록 2년만 더 참고 근무할 수 없겠냐고 부탁을 한 적이 있다. 진심으로 걱정되어서였다. 그러나 여러 번의 설득에도 문 중사의 결정은 단호했다. 혹시나 하는 마음에 밤에 문 중사를 개인적으로 불러냈고 같이 치킨을 먹으면서 또 한번 설득을 한 적이 있다. 항공우주의료원 앞에 있는 치킨집에서 치킨과 맥주를 시킨 후 대화를 이어 갔고 내 대화의 목적은 결국 가족들을 위해 연금 받을 때까지만 근무를 더 하자는 것이었다.

"사실 저는 오래전부터 법무사 시험을 준비해 왔으나 실패하였습니다. 그래도 저는 법을 하는 것이 즐겁기 때문에 사무장으로라도 일을 하고 싶습니다. 연금을 받는 것도 큰 메리트가 있겠지만, 저는 지금 한시라도 빨리 제 꿈을 이루려고 합니다."

생각지도 못한 말을 듣게 되었고 나는 더 이상 문 중사를 말릴 수가 없었다. 우리가 만난 지 일 년이 다 되어 갈 무렵 문 중사는 제대를 했고 강남에 있는 대형 로펌에 사무장으로 취직을 했다. 그리고 몇 년 뒤 친한 변호사와 함께 독립을 했고, 작은 변호사 사무실이지만 로펌을 꿈꾸며 열심히 일을 하고 있다. 돈이 성공의 척도는 아니지만, 그래도 웬만한 의사보다 많은 수입을 거두고 있기도 하다.

그에게는 가족들도 있었기에 연금을 포기하는 것은 쉽지 않았을 것이다. 그리고 18년 동안 함께했던 군대라는 울타리를 벗어나 아무 연고도 없이 사회로 뛰어든다는 것이 많이 두려웠을 것이다. 2년만 더 할까 하는 생각도 수도 없이 들었을 것이다. 그러나 자신이 진정으로 하고 싶었던 일을 찾아 그는 과감히 도전했고, 분명히 많은 어려움이 있었을 테지만 차근차근 극복해 가며 자신의 꿈을 이루어 가고 있다. 나는 그런 모습이 너무나도 존경스럽게 느껴질 때가 있다.

일 년 동안 좋은 사람들과 함께였기에 참 많은 것을 배울 수 있었고 내 나름대로도 많이 성장할 수 있었다. 그리고 좋은 추억들을 많이 만들 수 있었다. 그리고 '사람이 가장 소중하다.'라는 내 생각이 틀리지 않았음을 다시 한번 느낄 수 있는 일 년이었다.

삼성서울병원
내과의사로서,
다시 시작

내과 주치의 그리고 의사로서의 삶

小醫는 질병을 고치는 의사이고, 中醫는 사람의 마음을 고치는 의사이며,
大醫는 사회의 병까지 고치는 의사이다.
- 동의보감

일 년간의 신검센터 업무를 끝내고, 나는 삼성서울병원 내과로 들어오게 되었다. 마지막까지 정신과와 내과 중에 고민을 했지만 결국 내과를 선택하게 되었다. 전문의들은 모두 자신의 과에 대한 나름의 자부심이 있다. 자신이 선택한 과에 대한 확신과 믿음이 있고 힘든 시기를 겪으면 겪을수록 그 자부심은 커져만 간다. 다들 그렇듯, 나 또한 내과의사로서 굉장한 자부심을 가지고 있다. 사람의 생명을 직접적으로 다루는 과이기도 하고 의학의 근간으로서 정통성을 가지고 있기 때문이기도 하다. 물론 내과 레지던트 수련은 매우 힘들고 어렵지만 그 만큼 자부심을 충분히 느낄 수 있다. 질병의 진행으로 생명이 위태로운 환자를 잘 치료하여 건강하게 퇴원시킬 때의 그 기쁨은 이루 말할 수 없으며 의료로서 세상에 공헌하고 있다는 자부심이 저절로 들게 하는 과이다.

삼성서울병원에 처음 들어왔을 때 모든 것이 새로웠다. 내가 경험했던 국군수도병원 및 서울대병원과는 분위기도 달랐고 하나하나가 다 새로웠다. 일단 건물이 주는 첫인상 자체가 병원이 아니라 호텔에 온 것 같은 기분이 들게 할 정도로 세련되어 보였다. 어떤 의대 선배가 병원이 환자들에게 직접적으로 어필할 수 있는 것은 교수진과 최신식 시설뿐이라는 말을 한 적이 있는데, 삼성병원은 건물에 들어서는 것만으로도 병이 나을 것 같은 신뢰감을 줄 수 있는 그런 느낌의 병원이었다. 이러한 대한민국 굴지의 병원에서 수련 받을 수 있다는 것 자체가 나를 매우 들뜨게 했다. 병원에 들어서자마자 내과의국에 들러 가운, 명찰 및 관련 서적들을 받았고, 의국비서로부터 앞으로의 생활에 대한 설명을 들었다. 가운을 입고 왼쪽 주머니에 '내과의사 김계현'이라는 명찰을 달았을 때의 가슴 뿌듯함과 동시에 느껴지는 명찰의 무게감은 아직도 잊을 수가 없다.

'선배들의 땀과 노력으로 이룩된 현대 의학 그리고 그 근간이라고 할 수 있는 내과에서 과연 앞으로 나는 잘해 나갈 수 있을까? 사람들이 마지막 희망을 가지고 찾아오는 삼성서울병원에서 내가 과연 그들의 기대에 부응할 수 있을까?'

명찰의 무게가 무겁게 느껴졌고 동시에 두렵기도 했다.

내과의사로서 처음 일을 시작하는 일 년 차 때에는 주로 '병동 주치의'를 맡게 된다. 보통 환자가 입원하면 그 환자의 침대에는 3명의 이름이 붙게 된다. 먼저 환자 자신의 이름, 지정의인 교수님 이름 그리고 주치의의 이름……. 주치의는 환자에 대해 상담, 설명, 기록 및 처방까지 담당하게 된다. 물론 질환에 대해서는 교수님께서 제일 잘 아시겠지만 적어도 그 외적인 부분에 있어서는 주치의가 가장 많이 알고 있어야 하고 시시각각 변화하는 환자의 상태에 대한 책임을 져야 하는 사람이다. 환자의 가장 가까이에서 환자 상태를 파악하고 혹시 응급 상황이 생기면 제일 먼저 대처해야 한다. 그래서 주치의는 '내과의사의 꽃'이라 불리기도 하지만 그만큼 힘들고 어렵기도 하다. 가끔씩 환자 또는 보호자와 언쟁을 할 때도 있고 환자와 의사로서의 관계가 잘 형성되지 못한 경우에는 입원 기간 내내 서로 불편한 관계를 유지하기도 한다. 그러한 스트레스를 견디지 못하거나 인간관계에 원만하지 못한 사람은 주치의 업무를 힘들어할 수밖에 없어 결국 내과의사를 포기하는 사람도 생기게 된다. 나는 다행히도 인간관계에 있어서는 원만한 편이었고 또래보다 나이도 많다 보니 환자들에게 인상만으로도 신뢰감을 주게 되어 환자 및 보호자와의 마찰은 피할 수가 있었다. 그리고 환자의 고통과 절망에 대해 최대한 이해하고 공감하려 노력했기 때문에 병원 내에서는 '칭찬 카드'를 많이 받는 편이기도 했다. 다른 병원에서 오다 보니 전산 및 병원 시스템에 익숙하지 못한 것이 처음에는 어려운 일이었지만, 그러한 것들도 시간이 지나면서 점점 적응되어 갔다.

내과는 우리 몸의 거의 모든 장기에 대해서 치료를 진행해야 하기 때문에 공부해야 하는 내용도 매우 방대하다. 다양한 질환을 가진 환자들이 입원하게 되고, 그 질환들에 대해 제대로 된 치료를 행하기 위해서는 그만큼 많은 양의 공부를 병행해야 한다. 의사고시를 준비하며 많은 공부를 하긴 했지만, 실제로 환자에게 적용하려고 하면 자신이 없어지고 두려워지기도 한다. 교과서에는 이러 이러한 약들을 투여할 수 있다고 하는데, 그 많은 약들 중에 우선적으로 무엇을 먼저 투여해야 하는지, 용량은 어떻게 해야 하는지, 부작용이 나타날 경우 어떻게 해야 할 것인지에 대한 확신이 없었고, 사실 처음에는 혼자서 할 수 있는 일이 아무것도 없었다. 저절로 겸손해질 수밖에 없으며 그것을 먼저 경험한 선배들이 무척이나 대단해 보였고 옆에 있으면 항상 든든했다. 의학은 소위 도제식 교육이라고 하는데, 책을 통해 배우는 지식들도 많지만 함께 있는 선배들로부터 배우는 부분도 매우 크다고 볼 수 있다. 더 겸손하게 선배들을 모시고 그 가르침에 감사히 여길 줄 알아야 그 배움의 수확도 커질 수가 있는 것이다. 나는 여러 가지 경험을 하다 보니 나와 같이 들어온 동기들보다 6살이 많았고 그것 자체만으로도 분명히 선배들에게는 부담이 되었을 것이다. 나 또한 그것을 잘 알고 있었기 때문에 선배들이 불편해하지 않도록 다른 동기들보다 더 깍듯하게 예의를 지키려 노력했다. 의사 집단 내에서는 교수님, 전문의, 갓 들어온 전공의 등 직위를 불문하고 서로에게 '선생님'으로 호칭을 통일해서 부르는 문화가 있다. 전문가로서 서로에 대한 존중이 있기 때문에 직급에 관계없이 선생님이라는 호칭을 쓰게 되고 아무리 화가 나는 순간이 있더라도 최소한의 예의는 지키게 된다. 병원 밖에서도 선생님이라는 말이 습관적으로 나올 정도로 많이 쓰게 되지만 그래도 그것은 매우 좋은 문화 중에 하나라고 생각을 한다.

지식은 부족한 가운데 주치의로서 20명이 넘는 환자를 책임져야 하고 환자별 중증도 또한 매우 높았기 때문에 일 년 차 한 해 동안은 정말 정신없는 시간을 보냈던 것 같다. 밤을 새는 일도 허다했고 혼나기도 많이 했으며 병원 밖에는 거의 나가지 못했던 것 같다. 8월까지는 한 달에 한두 번 정도 잠시 밖에 나갔다 오는 것이 전부였고 평일에 개인적으로 외출하는 것은 거의 10월이 되어서야 가능했다. 시간에 쫓겨 일하고 잠은 부족하며 극심한 스트레스에 시달리는 힘든 날들이 계속되었다. 물론 그러한 힘든 일들을 이겨 낼 수 있었던 것은 같이 고생하고 있는 동료들과 내과의사로서의 자부심이 있었기 때문이었고, 그것은 지금도 힘든 의사 생활을 뒷받침해 주는 원동력이기도 하다.

의사로 일을 하면서 제일 기쁠 때는 누가 뭐래도 환자가 좋아져서 퇴원할 때이다. 환자가 퇴원 인사를 하러 올 때, 그때만큼 뿌듯하고 기쁠 때가 없다. 아마도 사람을 위해 그리고 세상을 위해 좋은 일을 하고 있다는 자부심이 엄청난 환희와 보람으로 다가오기 때문이라 생각된다. 돈을 많이 버는 것, 세속적인 욕심을 채우는 것도 중요하지만 그러한 것도 大義가 없으면 금방 질리고 의미 없어져 버릴 것이다. 반대로 아무리 힘들고 모든 일들이 내가 원하는 대로 되어가지 않아도 大義가 있다면 그 모든 것을 참고 견딜 수 있게 된다. 그래서 우리는 내 목표, 내 꿈, 내 욕심을 이루고자 하는 大義가 무엇인지에 대한 끊임없는 성찰이 필요한 것이다. 의사로서의 삶에 있어 내 大義는 비록 작은 능력이지만 '의료로써 사람과 세상을 이롭게 한다.'라는 것이다. 물론 힘든 순간도 많았고 병원을 나가고 싶을 정도로 괴로운 순간도 있었지만, 그래도 항상 이 大義가 나에게 큰 힘을 주었다.

우리가 무슨 일을 하고자 할 때 과연 그 일을 하고자 하는 '大義'가 무엇인지 깊게 고민해야 할 필요가 있는 것 같다. 조직을 이끌 때도 마찬가지라 생각한다. 조직이 이루고자 하는 '大義'가 무엇인지 명확히 하여 구성원 모두가 그 '大義'에 대해 공감한다면 그 조직은 하나가 되어 움직일 수가 있을 것이다. 사람들의 가슴을 뛰게 할 수 있는 '大義'를 먼저 수립하는 것, 그것이 바로 내 꿈을 이루고자 하거나 조직을 이끌고자 할 때 가장 먼저 내디뎌야 하는 첫 걸음이 아닐까 싶다. 조종사 강사로서의 나의 '大義'는 공군 전력의 핵심이라 할 수 있는 조종사에게 안전을 제공하는 것이었고, 신검센터를 만들고자 했던 나의 '大義'는 학생들의 하늘을 날고자 하는 꿈을 이루어 주는 것이었으며, 내과의사로서의 내 '大義'는 의료로써 세상과 사람을 이롭게 한다는 것이었다. 이런 나의 '大義'를 모두가 공감해 주었기에 나는 내가 원했던 것을 얻을 수 있었다고 생각한다.

메르스 사태의 중심에서

겁쟁이는 죽음에 앞서서 여러 차례 죽지만,
용기 있는 자는 한 번밖에 죽지 않는다.
- 셰익스피어

2015년 5월은 메르스 코로나 바이러스(MERS-Cov) 때문에 전국이 떠들썩했다. 보건복지부에서 WHO 기준에 따라 12월 23일 24시(자정) 종료 선언을 하기까지 총 186명이 메르스와 힘겨운 사투를 벌였고, 그 중 38명이 안타깝게 세상을 떠났다. 국민들 전체가 두려움에 떨어야 했고 이는 정치, 경제 등에 이르기까지 사회 전반에 악영향을 끼쳤다. 이제 와서 메르스에 대한 기억을 되짚어 보는 것은 분명 나에게도 괴로운 일이고 병원 및 국가 차원에서도 유쾌한 일은 아닐 것이다. 그러나 그 메르스 사태의 중심에서 나는 많은 것들을 깨닫고 배울 수가 있었고, 이러한 경험과 기억들을 많은 사람들과 공유하는 것도 메르스 후속 조치 중의 하나가 될 수 있다고 생각하여 용기를 내어 적어 보려고 한다. 민감할 수 있는 주제이기에 메르스 사태에 대한 추측과 판단은 뒤로하고 오로지 나의 경험만을 토대로 해서 서술해 볼까 한다.

삼성서울병원의 메르스 사태는 소위 슈퍼 전파자라 불리던 ○○번 환자로 인해 시작되었다고 볼 수 있다. 나는 당시 삼성서울병원 내과 중환자실에서 주치의로서 근무를 하고 있었다. 지금도 그렇지만 당시 중환자실에는 내과 2년 차 전공의 3명, 3년 차 전공의 1명이 근무를 했고, 그중에 2명이 매일 당직을 서며 밤새 중환자실 환자의 치료를 담당한다. 중환자실은 내과의사에게 제일 부담이 되는 곳이며 환자들의 마지막 희망이기에 그만큼 외롭고 힘든 곳이기도 하다.

내과 중환자실 주치의를 하고 있던 5월의 어느 날 저녁 8시경, 메르스 의심 환자가 중환자실로 올라올 것이라는 전달을 받았다. 바로 슈퍼 전파자 ○○번 환자였다. 당시 중환자실에는 여자 교수님 한 분, 여자 펠로우(전문의) 선생님 한 분, 나를 포함한 2년 차 전공의 2명 그리고 간호사들이 있었다. 그날은 내가 당직이었기 때문에 내가 그 환자를 맡아 주치의로서 치료를 담당하기로 했다. 사실 그때는 언론을 통해 메르스에 대한 보도가 조금씩 흘러나오기 시작했고, SNS를 통해 메르스 괴담이 퍼지기 시작하던 때였다. 의사는 절대 환자를 마다해서는 안 되지만, 솔직히 말해 그 환자가 좀 부담스러웠던 것도 사실이었다. 우리는 상대를 모를 때 더 두려움을 느낀다고 했던가. 중동에서 이미 알려진 바이러스였지만 한국에서 변이를 일으켜 치사율이나 전염률이 매우 높고 치명적일 것이라는 소문이 곳곳으로 퍼지고 있을 때였다. 상대에 대해 잘 몰랐기 때문에 더더욱 두려움이 커지고 있을 때였다.

환자가 오기 전에 주치의는 그 환자에 대해 사전 리뷰를 하고 기다린다. 왜냐하면 중환자실로 온다는 것은 촌각을 다툴 만큼 환자의 상태가 위중하다는 것을 뜻하기 때문에 도착하자마자 바로 적절한 치료가 가능하도록 미리 환자에 대해 파악하고 치료 계획을 결정해 놓아야 하기 때문이다. 그날도 여느 날과 마찬가지로 환자 파악을 위해 교수님과 함께 차트 리뷰를 진행하였고, 늘 하듯이 환자의 영상 사진을 열었다. 몇 장의 엑스레이 사진이 있었고 그 엑스레이는 내가 흔히 보던 전형적인 폐렴 환자의 엑스레이와는 달랐던 것으로 기억한다. 엑스레이 사진을 보는 순간 더 큰 두려움이 나를 감싸기 시작했고 여러 가지 부정적인 생각들이 떠오르기 시작했다.

몇 분 뒤 환자가 휠체어를 타고 중환자실에 도착했다. 일단 휠체어를 타고 왔다는 것은 환자의 상태가 그렇게 나쁘지 않다는 것이기에 조금은 안심을 했다. 기관 삽관이 아닌 콧줄(Nasal prong)로 산소를 투여하고 있었고, 그것은 산소 요구량이 많지 않다는 것을 의미한다. 일단 폐렴에 준해서 치료를 시작했고 환자 상태가 나쁘지 않아 한편으로는 정말 다행이라는 생각을 했다. 그러나 중환자실에 온 지 30분 정도 지났을까……. 환자의 호흡수가 빨라지기 시작하고 산소 요구량이 급격히 증가하기 시작했다. 주치의들에게 있어 이 상황은 응급 상황이며 빨리 기관 삽관을 하고 인공호흡기를 달아야 하는 상황이다. 현재의 상태로는 환자의 산소 요구량을 따라가지 못하기 때문에 시간을 지체했다가는 심정지 상태까지 유발될 수도 있다. TV 뉴스에서 많이 보았겠지만, 우리는 우주인 복장과 같은 보호 장구를 착용하고 신속히 기관 삽관을 진행해야 했다. 기관 삽관을 할 때 호흡기 감염 위험성이 가장 높다고 알려져 있기 때문에 극도로 조심해서 진행해야 했다. 물론 내과 중환자실에서는 이 모든 상황을 염두에 두고 보호 장구 및 플랜을 다 준비해 놓긴 했지만 그 상황이 너무나도 빨리 벌어졌기 때문에 우리는 당황하며 서둘러 대처하기 시작했다. 감염관리의 기본 원칙에 따라 환자는 당연히 격리된 상태였고, 의료진과 환자의 최소 접촉을 위해 격리실에는 결국 의사 3명, 간호사 1명만 들어가 치료를 진행하기로 했다. 여자 펠로우 선생님 1명, 주치의였던 나 그리고 남자 인턴 선생님 1명 그리고 중환자실에서 제일 경험이 많은 간호사 1명. 서둘러 옷을 갈아입고 안으로 들어갔고, 우리는 기관 삽관을 우선으로 하여 응급조치에 들어갔다. 그러나 극도의 공포감 때문이었는지 환자 격리실로 들어감과 동시에 인턴 선생님이 바늘에 찔려 바로 퇴실을 해야만 했고 결국 남은 3명이 응급 상황에 대처해야 했다. 결국 우리 3명은 서둘러 기관 삽관, 중심 정맥관, 동맥관, 비위관, 도뇨관 삽입 후 필요한 약을 투여하기 시작했다. 신속한 치료 덕분에 다행히 환자는 안정을 찾을 수 있었다. 환자가 안정될 때까지 걸린 시간은 약 2시간 남짓……. 우리는 2시간 동안 보호 장구를 쓴 채 환자 격리방에서 치료를 진행하고 있었고 시간이 지나 환자가 안정된 것을 확인한 후 격리방을 나왔다. 땀범벅이 된 보호 장구를 벗자마자 탈진하는 것 같은 기분이 들었고 우리는 모두 그 자리에 풀썩 주저앉고 말았다.

'도대체 무슨 일이 일어나고 있는 것일까?'

그제야 걱정들이 밀려오기 시작했다.

'기관 삽관이 호흡기 전염 가능성이 제일 높다는데 나는 괜찮을까? 이렇게 집에 가면 가족들에게 메르스를 옮길 수 있는 것은 아닐까. 지금이라도 그만한다고 해야 하나.'

온갖 생각들로 머리가 복잡해지기 시작했다.

격리되어 나가는 동료들

고난과 불행이 찾아올 때, 비로소 친구가 친구임을 안다.
– 이태백

그 환자를 시작으로 연일 언론에서 메르스에 대한 보도를 하기 시작했다. TV를 틀 때마다 삼성병원 영상이 나왔으며, 우리 의료진들의 일거수일투족이 보도되기 시작했다. 나의 다음 근무지는 삼성병원 응급실이었기에 나는 또 메르스 노출의 가장 고위험 장소에서 진료를 진행해야 했다. 병원 출퇴근할 때와 아침저녁 각 1회, 이렇게 매일 총 4회 체온 측정을 했고 24시간 N95 마스크를 쓰고 진료를 진행했다. CCTV를 분석하여 메르스 환자 접촉자들을 선별하기 시작했고 대규모 격리도 시작되었다. 특히 응급실은 긴장감의 연속이었다. 늘 정신없고 바쁜 곳이지만 우리는 모든 환자의 병원 경유지를 분석해야 했고 열이나 기침, 가래 등의 호흡기 증상이 있으면 응급 상황이나 다름없었다. 진료가 빨리 이루어지지 않다 보니 환자들의 불만도 커졌고 응급실에서는 정말 전쟁터를 방불케 하는 상황이 펼쳐지고 있었다. 그런 바쁜 와

중에도 CCTV에 대한 분석이 계속 이루어지고 있었고 더 이상의 감염을 줄이기 위해 조금이라도 의심되는 정황이 있으면 바로 격리에 들어갔다. 당연히 환자뿐 아니라 의료진들도 격리되기 시작했으며 내 동료들도 마찬가지였다. 응급실에 내과 주치의는 총 6명이 있었는데, 제일 먼저 3명이 격리되어 나갔고 마찬가지로 병동에서도 계속해서 의료진들이 격리되어 나갔기 때문에 남은 인력이 그 로딩을 감수해야 하는 힘든 상황이 발생하게 되었다. 보통 한 병동당 45명 정도의 환자가 있고 2명의 주치의가 상주하며 힘든 업무를 담당하고 있는데 병동 주치의들까지 격리되면서 이제는 병동을 제대로 관리할 수 없는 상황까지 발생했다. 병원의 입장에서도 매우 힘들었을 것이라 생각한다. 아무리 메르스의 위험이 도사리고 있다고 하더라도 병동에는 아파하는 환자들이 있고 즉시 수술을 하거나 항암치료를 해야 하는 환자들이 있으며 그들에게는 지금 당장의 치료가 더 중요한 상황이었기 때문이다.

"5년 가까이 여기 혈액종양내과를 다니면서 항암치료를 해 왔소. 지금 나더러 어디로 가란 말이요? 나는 메르스에 걸려 죽어도 좋으니 치료해 주시오."

"메르스 때문에 아픈 환자가 진료도 못 받고 이렇게 고통을 참고 있어야 하는 것이 말이 됩니까? 당신 부모라면 그렇게 하겠소?"

"언론이 내 치료도 못 받게 하네. 나는 메르스에 걸려도 괜찮소!"

삼성병원을 폐쇄해야 한다는 등의 국민적 비난이 심할 때였고, 그와 동시에 진료 기능 축소에 따른 기존 환자들의 불만은 높아지는 아이러

니한 상황이 계속되고 있었다. 환자를 받으면 받을수록 메르스 확산의 위험은 점점 더 커질 것이고 그렇다고 해서 아픈 환자, 특히 우리 병원만을 믿고 있는 환자들을 외면할 수도 없는 일이었다. 언론에서 말하는 대로 병원 폐쇄를 하게 되면 쉽게 문제가 끝날지 모르겠지만 오랫동안 우리 병원만을 믿으며 치료를 받아 왔던 환자들을 외면하고 병원을 폐쇄한다는 것은 의료진으로서는 절대로 용납할 수 없는 행동이었기 때문이다.

그래도 우리는 끝까지 환자 곁에 있을 겁니다

선을 행하는 데는 생각이 필요 없다.
- 괴테

지금도 자신 있게 말할 수 있는 것이 있다. 삼성병원 메르스 사태, 약 두 달간의 기간 동안 우리는 메르스라는 국가적인 위기를 극복하기 위해 병원의 모든 사람들이 하나로 뭉쳐 살신성인의 노력을 다했다는 것이다. 그리고 그 중심에는 내과 주치의를 비롯한 각과 의료진들과 보건 간호 인력들의 숭고한 희생이 있었다는 사실이다.

메르스는 기본적으로 내과 질환이라고 할 수 있고, 자연스럽게 내과가 사태의 중심에 서게 되었다. '우리 환자는 우리가 책임진다.'라는 모토에 따라 병원은 메르스 확진자 병동, 메르스 격리자 병동을 만들어 운영을 했고, 그와 별도로 기존 입원 환자들에 대한 치료도 병행해야 했기에 일반 병동도 같이 운영할 수밖에 없었다. 전에 언급했듯이 각 병동은 2명의 주치의가 상주하지만 확진자 병동, 격리자 병동을 별도로 유지하기 위해 새로 인원을 차출해야 했고 여러 병동을 1명의 주치의가 담당해서 책임을 져야 하는 상황이 발생했다. 그리고 의료진들도 하나둘씩 격리되어 나가면서 남은 주치의들의 로딩은 말로 표현할 수 없을 정도로 늘어나기 시작했다. 나 또한 끝까지 격리되지 않고 남아 있었기 때문에 주치의의 로딩이 얼마만큼 컸었는지 제대로 느낄 수 있었다. 지금 다시 돌이켜 생각해 보아도 의사로서 가장 힘든 순간 중에 하나였고 나도 모르게 '그만두고 싶다.'라는 생각이 하루에도 몇 번씩 들곤 했다. 사실 힘든 것은 일의 로딩뿐만이 아니었다. 환자들 그리고 보호자들의 마음속에는 삼성병원에 대한 분노가 자리 잡고 있었고 그 모든 것이 주치의들에게 표출되었다.

"나는 그냥 아파서 온 것뿐인데, 삼성병원 때문에 이렇게 불편하게 격리되었잖아요."

"나 메르스 확진 나오면 당신이 책임질 거야?"

"당신들 때문에 내가 일도 못 하고 있으니까 나중에 다 손해배상 청구할 거야."

"나 죽으면 너희들도 가만두지 않을 거야."

모든 비난과 불만은 일선에서 고생하는 주치의 및 간호사들이 담당해야 했다. 일만으로도 힘든데, 보호자 면담, 환자 회진은 정말 스트레스였고 고통이었다. 2년 차인 나도 이렇게 힘든데 일을 시작한 지 3개월도 안되어 이 모든 부담을 짊어져야 했던 1년 차들은 얼마나 힘들었을까.

특히 확진자 병동 주치의를 한다는 것은 거의 하루 종일 보호 장구를 입고 일을 해야 했기에 신체적으로 고된 일이었고 더불어 자신이 언제든지 메르스에 노출될 수 있다는 두려움과도 싸워야 하는 일이었다. 지금 돌이켜 생각해 봐도 아무런 불만 없이 끝까지 자신의 자리를 지켜 주었던 일, 2년 차 주치의들이, 아니 어린 동생들이 정말 고맙고 자랑스럽기만 하다.

나는 2년 차 대표였기 때문에 병동주치의를 하는 것뿐만이 아니라 치프 선생님을 도와 주치의들을 배치하고 관리하는 역할도 같이 해야 했다. 나는 솔선수범하는 모습을 보이기 위해 그래도 내과 병동에서 제일 힘들다는 암병동 11층 혈액종양내과 주치의를 자처했고 인력이 모자랐기 때문에 밤에는 두 병동의 당직을 동시에 서야 했다. 힘든 날들이 계속되었지만, 그래도 다음 속의 두 가지는 반드시 지키려고 노력했다.

'첫째는 절대 격리되지 않는 것. 두 번째는 정신적, 감정적으로 지친 동생들을 다독이는 것.'

일단 격리되지 않도록 최선을 다했다. 내가 대표이기 때문인 것도 있었지만, 내가 제일 나이가 많다 보니 평소 조금이라도 힘든 일이 있으면 주치의들은 종종 나에게 상담하러 와 주곤 했다. 나라고 명쾌한 답을 줄 순 없었지만, 동료들의 고민을 들어주려고 최선을 다했었고 그런 것들이 조금이나마 주치의들에게 힘이 되었다고 생각한다. 메르스 때도 마찬가지였고 내가 할 수 있는 일은 별로 없었지만 그런 동료들을 격려하고 독려하는 역할을 맡고자 했다. 스스로 말하기 부끄럽기는 하지만 만약 내가 격리되어 나가면 주치의들의 구심점이 사라질 것이라 생각했고 동료들이 더더욱 힘들 수 있을 것이라 생각했다. 그런 사명감이 있었기에 일단 나부터 격리당하지 않도록 최선을 다해 노력했었고 항상 N95 마스크를 쓰고 다니며 불필요한 접촉을 하지 않았다.

사실 내과 주치의뿐만이 아니었다. 극심한 허리 통증으로 제대로 앉지도 못하셨던 원장님, 힘든 방역 작업까지 솔선수범하여 참여했던 교수님들, 메르스의 위험에서도 몸을 사리지 않았던 각 과 전문의, 전공의들 그리고 무엇보다 최전선에서 함께 고군분투한 간호사들…….

나는 아직도 잊을 수 없는 장면이 있다. 나중에 다시 자세히 설명하겠지만, 우리는 환자들을 끝까지 책임지기 위해 메르스 중환자실을 운영했었다. 그 메르스 중환자실에는 불편한 보호 장구를 입고 격리방 안에서 24시간 환자들과 함께하는 간호사들이 있었다. 확진된 환자들은 어쩔 수 없이 격리될 수밖에 없었고 그 격리방 안에서도 언제든지 응급상황이 발생할 수 있기에 간호사들은 환자 바로 곁에서 24시간 상주하며 환자 케어를 진행했던 것이다. 보호 장구를 입는 것만으로도 힘든데 격리실에서 상주하여 일을 하는 것은 육체적으로도 정신적으로도 어마어마한 부담이었을 것이다. 서로 교대를 하며 격리실을 지켰는데 그런 힘든 상황에서도 모두들 웃음을 잃지 않고 서로를 격려하며 자신의 역할을 다했다. 온몸이 땀범벅이 되기도 하고 때론 눈물도 흘리며 그렇게 우리는 몸을 사리지 않고 내 환자들을 지키려 했고 의료진 확진자가 발생하는 가운데서도 우리는 끝까지 자신의 역할을 다하려 했다. 간호사들 거의 대부분이 나보다 훨씬 나이가 어린 동생들이었지만 그 사명감과 숭고한 희생은 눈물이 날 만큼 존경스러웠고, 또 한편으로는 가슴 먹먹하기도 했다.

사실 의료진뿐만이 아니라 행정직원들, 이송원들, 보조원들 할 것 없이 병원 직원들 모두가 자신의 몸을 사리지 않고 최선을 다해 자신의 역할을 다하고자 노력했다. 아무리 삼성병원이 비난을 받는다고 하더라도 저들의 숭고한 희생과 노력은 언젠가는 알려지고 재평가받아야 한다고 생각한다.

동료의 메르스 확진

친구는 기쁨을 두 배로 만들고 슬픔은 반으로 줄인다.
- 실러

메르스 확진자 수는 점점 늘어나고 있었고 ○○번 환자를 비롯하여 삼성병원 내 의료진 내에서도 확진자가 나오기 시작했지만, 모든 것에 초연해진 우리들이었기에 태연히 주어진 임무에 최선을 다하고 있었다. 그러나 확진자 병동을 담당하던 내과 주치의 중에 확진자가 나오게 되자 우리는 큰 충격과 공포에 휩싸일 수밖에 없었다.

○○번 확진자.

그 친구는 의사 고시를 수석으로 합격한 인재였고 누구보다도 열정을 가지고 환자를 보던 내 절친한 동료였다. 공부하고 연구하는 것을 좋아하는 친구였고 끊임없이 자기 발전을 위해 노력하는 친구였다. 평소 시를 쓰는 것을 매우 좋아했고 마음이 여리고 순수한 친구였다. 메르스 기간 동안 확진자 병동을 맡아 주치의로서 일을 하던 중 갑자기 열과 설사가 지속되었고 결국 메르스 확진을 받게 된 것이다.

그 동료는 ○○번 환자가 중환자실로 왔을 때 나와 같이 당직을 서면서 고생을 했던 친구였기에 그 친구가 확진되었다는 소식을 들었을 때는 내 개인적으로도 정말 큰 충격이 아닐 수 없었다. 그렇게 그 친구는 확진자 병동을 담당하던 주치의에서 확진자 병동에 입실한 메르스 환자가 되었고 다른 사람과의 접촉은 금지된 채 격리되었다. 평소 워낙 철저한 친구라 조심에 조심을 거듭했을 터였기 때문에 그 친구가 격리되면서 우리의 두려움은 점점 더 커질 수밖에 없었다.

'과연 이 사태는 어떻게 끝나게 될 것인가…….'

중환자실에서 그 친구와 함께 ○○번 환자를 치료하여 어느 정도 환자가 안정 상태에 이르렀을 때 잠시 시간을 내어 병동 스테이션에서 함께 이야기했던 것이 생각났다.

"형. 나 이상하게 불길한 예감이 들어. 누나한테 전화해서 라면하고 생필품 좀 사 놓으라고 이야기해야겠어. 뭔가 기분이 이상해."

그때는 웃어 넘겼던 말이었지만 나는 더 이상 웃을 수가 없었다.

참 순수하고 여린 친구였기에 확진자 병동에서 격리되어 치료를 받고 있는 그 자체만으로도 걱정이 되었다. 얼마나 무섭고, 힘겨울까……

얼굴을 보게 되면 나도 모르게 눈물이 날 것 같아서 일부러 면회를 가지 않고 있었지만 그래도 걱정되는 마음을 감출 수 없어 어느 날 저녁 그 친구에게 문자를 보냈다.

'뭐 먹고 싶은 거 없어?'

힘들지? 숨차지는 않아? 열나는 것은 괜찮아? 사실 이 질문들이 제일 궁금했지만 나는 물어보지 못했다. 그렇다고 대답할까봐 너무 겁이 나기도 했고 그 질문 자체가 그 친구를 더 힘들게 할 수도 있었기 때문이었다.

그래서 내가 고르고 고른 질문이 먹고 싶은 거 없냐는 질문이었다.

'형. 나 컵라면이 너무 먹고 싶어…….'

나는 그날 저녁 바로 컵라면을 종류별로 사서 확진자 병동으로 갔다. 담당 간호사한테 내가 사 온 컵라면을 건네주고 나서 CCTV로 침대에 누워 있는 친구의 얼굴을 확인했다. 그리고 그냥 돌아가려고 했다.

"그래도 얼굴 한번 보고 가시죠?"

"아니에요, 그냥 갈게요. 아니다. 그럼 얼굴만 잠시 봐도 될까요?"

망설이다 친구의 얼굴을 보고 가기로 했고, 담당 간호사가 친구의 방으로 전화를 해 주었다.

"○○○ 선생님 문 쪽으로 잠시만 나와 주세요."

그렇게 우리는 격리방 문을 사이에 두고, 창문의 커튼만 젖힌 채 대화를 했다.

"형, 머리 잘랐네."

예상치 못한 그 친구의 첫마디에 나도 모르게 눈물이 흘렀다. 그때의 감정은 어떤 말로도 다 표현할 수가 없을 것이다.

얼마나 힘들고 외로울까……. 또 얼마나 두려울까…….

나는 대답을 얼버무리고 만난 지 1분도 안되어 나와 버렸다. 웃으면서 대화할 자신이 없었기 때문이기도 했고 왠지 모르겠지만 너무나도 미안한 마음이 계속 들었기 때문이다. 그날 저녁은 하루 종일 기분이 안 좋았고, 왜 삼성병원이었는지, 왜 우리들이었는지 처음으로 원망하기 시작했다.

친구는 곧 국립의료원으로 전원을 갔다. 자신의 병원에서 다른 병원으로 전원 가는 그 친구의 기분은 어땠을까? 아마 우리는 평생 이해하지 못할 것이다. 친구는 국립의료원에 도착하자마자 찍은 사진과 함께 그때의 마음을 담은 시 한 편을 보내 주었다. 아마도 이 시가 많은 것을 추측하게 해 주리라 생각된다.

두 개의 문을 지나
들어선 방 너머에는
다시 갈 수 없는
세상일까,
불빛은 참 아름다웠네.

어림짐작으로

쳐다본 곳에

아마 너도

고요한 방에

누워 있었을 거야.

조그마한 창밖 너머

길거리를 걷는

세상 사람들이 부러워

저녁 해를 마주하며

하염없이 서 있었네.

우리 그 긴 날을

기다렸었으니,

영원과도 같은

시간을 건너

너를 만났던 순간처럼

우리 곧 다시 만날 날,

세상 불빛은 아름답고

네 얼굴을 창가에 그려

하염없이 쳐다보았네.

긴 시간을 그리워하여

만났던 날의 벅참으로

메르스 중환자실 그리고 삼성병원 메르스 사태의 일단락

오늘의 책임을 피함으로써 내일의 책임을 피할 수는 없다.
- 에이브러햄 링컨

확진자들의 수는 점점 늘어만 갔고 그 확진자들 중에도 중환자실 치료를 받아야 하는 환자들이 생기기 시작했다. 끝까지 환자를 책임지기 위해 우리는 메르스 중환자실을 따로 만들어 치료를 진행했다. 내과 중환자실 교수님들이 중심이 되었고 그 주치의는 내과 2년 차들이 담당하게 되었다. 내 마지막 근무지도 메르스 중환자실이 되었고 어쩌다 보니 나는 결국 메르스의 시작과 끝을 담당하게 되었다. 당시 한국 메르스 치사율이 전 국민적인 관심사였고 사망자가 늘어날 때마다 국민들의 걱정과 두려움은 커져만 갔다. 그래서 메르스 중환자실에 있는 환자를 어떻게든 살리는 것이 우리가 조금이라도 국민들의 걱정을 덜어 주는 일이었다. 최고의 의료진들이 함께했지만 매일이 긴장과 초조의 연속이었다. 메르스 중환자실의 모든 환자들이 인공호흡기를 달고 있었는데 인공호흡기의 산소 요구량이 조금이라도 늘어나게 되면 우리는 긴장감 속에 잠을 못 들곤 했다. 피검사, 엑스레이 결과 하나하나가 너무나도 중요했으며 약을 투여함에 있어 매 순간의 선택이 매우 중요했다. 그랬기에 환자의 상태가 좋아져서 인공호흡기를 떼거나 자리에 앉을 수 있는 상태가 되면 그 성취감은 이루 말할 수 없었다. 그리고 우리가 치료한 환자가 메르스 확진 검사에서 음성이라도 나오면 우리에게는 축제나 다름이 없었다. 그렇게 메르스 중환자실에서의 치료는 우리가 국가를 위해 할 수 있는 마지막 임무였고 자신의 몸을 생각하지 않고 환자를 위해 모든 것을 쏟아붓고 있는 우리 자신을 스스로 '메르벤져스'라 부르며 격려하기도 했다. 의료진들에서 확진자가 나오는 상황 속에서도 '메르벤져스'들은 자신의 자리를 지켰고 조금씩 성과들도 나오기 시작했다.

그러나 삼성병원에서 의료진 확진자가 계속 나오기 시작하면서 여론은 급속도로 악화되었다. 우리의 노력은 물거품이 되고 있었고 삼성병원에 대한 비난은 더 거세져만 갔다. 우리는 끝까지 환자들을 책임지려 했지만 결국 그럴 수 없는 시간이 점점 다가오고 있었다. 그리고 7월 5일. 우리는 메르스 중환자실에서 치료를 진행하던 환자를 어쩔 수 없이 다른 병원으로 보내야만 했다. 끝까지 책임진다고 약속했지만 병원 차원에서도 어쩔 도리가 없었다. 주치의였던 우리들도 마찬가지였다. 우리의 환자였지만 우리가 끝까지 책임질 수 없는 상황이 오고 만 것이었다. 그렇게 우리는 환자 한 분, 한 분을 다른 병원으로 이송할 수밖에 없었다.

환자 이송을 하면서 많은 것을 깨닫게 한 순간이 있었다. 우리 병원 직원이었던 분으로 업무 중 안타깝게 확진된 환자가 있었는데 내 마지막 임무는 그 환자를 국립의료원으로 이송하는 역할이었다. 보통 전문의 선생님이 이송을 하지만 그 환자는 다른 환자들과 비교했을 때 비교적 상태가 호전되고 있었기에 전공의 중에서는 내가 처음이자 마지막으로 이송을 담당하게 되었다. 구급차에서 환자에게 응급상황이 생겨서는 안 되었기에 우리는 준비부터 이송까지 극도의 긴장감 속에서 진행하게 되었다.

구급차에 올라 환자를 싣고 국립의료원으로 가는데, 의식이 완전히 명료하지 않은 가운데서도 환자분이 많이 불안했는지 갑자기 손을 내밀더니 옆에 앉아 있던 나에게 손을 잡아 달라고 했다. 그렇게 환자의 손을 잡고 30분 정도 차로 달리고 있을 때였다. 누워 있던 환자분이 메스꺼웠는지 잠시 앉고 싶다고 했고 나는 침대를 세워 앉을 수 있게 해 주었다. 그리고 다시 손을 잡고 국립의료원을 향하고 있었다. 그러다가 갑자기 차가 브레이크를 밟았고, 심한 급제동은 아니었으나 옆으로 앉아 있던 나는 차 뒤쪽으로 몸이 기울어지기 시작했다. 물론 환자분은 안전벨트로 온몸을 고정시킨 상태였는데, 놀랍게도 그때 그 환자분이 기울어지는 나를 팔로 당겨서 꼭 잡아 주는 것이었다. 나는 순간 가슴이 뭉클해졌다. 우리는 우리 병원의 직원이었던 당신을 끝까지 책임지지도 못하고 다른 병원으로 보낼 수밖에 없는데 그 환자분은 그 와중에도 내가 옆으로 쓰러질까 봐 있는 힘을 다하여 나를 붙잡아 주고 있었기 때문이었다. 병원 경비를 담당하시는 분이었고 나보다도 덩치가 큰 분이었지만 메르스 때문에 기력이 약해져 나를 잡아 주던 그 힘은 정말 미약했다. 그렇지만 자신의 주치의였던 내가 넘어질까 봐 온몸을 떨며 사력을 다해 나를 잡아 주고 있는 것이었다. 그 장면이 눈물이 날 만큼 감동적이었기에 이송하고 돌아오자마자 교수님 그리고 다른 주치의들과 그 이야기를 공유하며 아쉬운 마음을 달래었다. 그렇게 삼성병원의 메르스 사태도 조금씩 일단락되고 있었다.

메르스 중환자실을 끝으로 삼성병원 메르스 사태는 어느 정도 정리가 되어 가고 있었다. 그리고 메르스 중환자실 메르벤져스들은 2주간 격리에 들어갔다. 다행이었는지 불행이었는지 모르겠지만 나는 그렇게 삼성병원 메르스의 처음과 끝을 같이했다. 마지막 환자를 이송 보내고 오면서 나는 고생한 2년 차 동기들에게 제일 먼저 다음과 같은 메시지를 보냈다.

> 이제 메르스 중환자실 마지막 환자들도 출발합니다. 이로써 메르스도 어느 정도 일단락될 것 같습니다.
> ○○번 환자 첫 주치의를 맡아 기관 삽관을 시작으로 응급실, 병동을 거쳐 마지막 메르스 중환자실 이송까지……. 저에게도 메르스는 꽤 인연이 있었나 봅니다.
> 이제 오늘부터 저도 격리에 들어가지만 참 마음이 무겁습니다. 끝까지 자리를 지키려 했는데 마지막에 그러지 못해 죄송할 따름입니다.

메르스 사태 동안 저희 2년 차가 물론 부족한 점은 있었지만 다들 서로 격려하면서 나름대로 잘 버텨 왔다고 생각합니다. 여러 번 상처 받은 적도 많았지만 그래도 다들 정말 자기 자리에서 최선을 다했다고 생각합니다.
우리가 너무 무던하여 바보 같아 보일 때도 있었지만 교수님을 존경하고, 윗 연차를 잘 모시며 동기를 사랑하고 후배를 아끼며 묵묵히 맡은 바 책임을 다하려 했던 우리의 철학은 항상 옳았다고 생각합니다. 앞으로 무슨 일이 있더라도 우리의 철학을 지켜 나갔으면 좋겠습니다.

그렇게 우리 내과 주치의들의 힘들었던 사투도 마무리되어 가고 있었다.

메르스 의사를 통한 삶과 죽음에 대한 성찰

신은 용기 있는 자를 결코 버리지 않는다.
- 헬렌 켈러

이제 병원도 정상적으로 돌아가고 있을 무렵, 내 8월 근무지는 다시 내과 중환자실이 되었고 나는 또 잊을 수 없는 환자 한 분과 마주하게 되었다. 바로 ○○번 환자로 잘 알려진 메르스 의사와의 만남이었다. 이 환자는 메르스 확진 후 국가 지정 병원인 서울대병원으로 옮겨졌고 상태가 악화됨에 따라 에크모(체외순환기)를 단 채로 치료받다가, 메르스 음성 전환 후 다시 삼성병원으로 옮겨 왔다. 내가 8월에 내과 중환자실에 부임하여 그를 처음 만났을 때도 그는 에크모를 달고 있었고 목에는 기관 절개 후 인공호흡기를 달고 있는 상태였으며 기력이 없어 침대에 누워만 있는 상태였다. 얼마 전까지 삼성병원에서 진료를 보던 혈관외과 의사의 모습은 온데간데없었다. 병원 사람들 모두가 그를 지켜 주지 못했음에 대해 미안하고 죄송한 마음을 가지고 있었다. 나에게 그는 정치사상이 어떠한지, 박원순 시장과 무슨 일이 있었는지 등은 전혀 중요하지 않았다. 그냥 나와 함께 일하던 동료였고, 일주일에 3, 4일을 병원에서 숙식하며 응급진료, 응급수술을 마다하지 않고 환자를 최우선으로 생각하던 외과의사였다. 그런 그가 진료를 보다가 메르스에 감염이 되었고 지금은 체외순환기를 달고 말도 하지 못 하는 상태로 중환자실 침대에 누워 있는 것이다. 과연 이것은 누구의 잘못이란 말인가? 그가 이토록 고통받아야 할 이유는 무엇이란 말인가?

물론 나는 주치의이고 그는 나의 환자였지만 그는 내 동료이기도 했기에 반드시 이전의 모습으로 돌아가게 해야 한다는 사명감을 가지고 주치의 업무를 시작했다. 기록 정리, 회진, 처방은 의사로서 당연한 일이었고 내 동료를 위해 아침저녁으로 기도하고 또 시간 날 때마다 그를 찾아 "할 수 있다. 완치될 수 있다."라는 확신을 주었다. 메르스는 음성 전환되었지만 엑스레이, CT상 보이는 메르스의 흔적들은 치유되지 못한 채 남아 있었고 이제 섬유화가 진행되려 하고 있었다. 아직 폐렴도 남아 있는 상태로 항생제도 계속 써야만 했고 심리적인 두려움에 대해서도 치료를 해야 했다. 그때 그는 저녁에 혼자 있으면 두려움 때문에 잠을 못 이룰 정도로 극심한 스트레스로 고통받고 있었다. 격리되어 있는 방에 혼자만 누워 있었고 숨이 계속 차는데 주위에는 아무도 없어 힘들어하다가 결국 심정지, 에크모 삽입까지 갔던 그 순간을 그는 너무나도 생생하게 기억하고 있는 것이다. 흔히 외상 후 스트레스 장애(PTSD)라고 하는데, 외상에 대한 재경험 증상이 나타나고 그 순간마다 극도의 공포를 느끼고 있는 것이었다. 그래도 다행인 것은 그에게는 너무나도 헌신적인 부인이 있었다는 사실이다. 항상 옆에서 환자와 함께했으며 괜찮다고 아무 일도 없을 거라고 안심시키는 역할은 그분이 담당하곤 했다. PTSD에 대해 정신과 교수님 상담을 주기적으로 진행하며 약도 투여하고 있었지만 와이프의 헌신이 그를 훨씬 더 강하게 만들어 주고 있었던 것 같다. 지나친 모습으로 의료진을 힘들게 할 때도 있었지만 그래도 정말로 감동적인 아름다운 부부의 모습을 볼 수가 있었다.

혹시라도 감염이 진행될까 봐 매일 피검사, 엑스레이를 체크하며 항생제를 조정하였고 그런 노력이 점점 그의 상태를 좋게 만들었다. 치료와 동시에 재활도 같이 진행하였고 워낙 의지가 강한 분이라 재활에서도 큰 성과를 내었다. 원래 쿵푸를 했을 정도로 운동신경이 좋은 분이기도 했지만 무엇보다 의지와 열정이 누구보다도 뛰어났다. 그러나 그렇게 열심히 치료와 재활을 진행하고 있었음에도 산소 요구량이 생각보다 줄어들지 않아 마음 한편으로는 불안한 마음이 계속되고 있었다. 8월도 중반이 넘어갈 무렵 호전된 상태를 기대하며 폐가 얼마나 좋아졌는지 보기 위해 흉부 CT를 찍었는데 우리는 다시 좌절할 수밖에 없었다. 오랫동안 치료를 해 왔음에도 불구하고 흉부 CT상 호전 소견이 전혀 보이지 않는 것이었다. 교수님과 나는 당황할 수밖에 없었고 우리의 치료에 대한 회의감이 들기 시작했다. 에크모를 계속 달고 있는 것도 결국은 나중에 더 큰 부작용을 가져올 수 있기 때문에 우리에게는 결단을 내려야 하는 순간이 온 것이다.

그날 저녁 중환자실 교수님과 함께 회진을 갔고 우리는 환자에게 CT 결과를 설명했다.

"오늘 CT를 찍었는데 별로 호전 소견이 없습니다. 잘 알고 계시듯이 에크모는 오랫동안 유지할 수 없고 이제 폐 이식도 고려해야 할 것 같습니다."

"저는 삶과 죽음에 연연하지 않습니다. 폐 이식을 할 바에는 그냥 하나님 곁으로 가는 것이 좋습니다. 폐 이식은 하지 않겠습니다."

그리고 그날 저녁 어이없게도 언론에는 메르스 의사가 사망했다는 오보가 났다.

나는 주치의로서 죽음 앞에서 너무나도 태연한 그의 모습에 놀랄 수밖에 없었다. 아무리 나이가 많은 환자들도 이런 상황이 되면 마지막 대안에라도 의지를 하려고 하는 것이 일반적이다. 그러나 이 젊은 의사는 폐 이식이라는 대안이 있음에도 불구하고 차분하고 냉정한 목소리로 폐 이식을 거부했다. 그리고 지금부터 더 열심히 재활을 진행해 보겠다는 말을 하며 다시는 폐 이식이라는 단어를 꺼내지 않았으면 좋겠다는 당부를 남겼다. 솔직히 속이 많이 상했다. 우리는 어떻게든 그를 살려 보고자 최선을 다하고 있는데 차라리 죽음을 선택하겠다니. 그러나 누구보다도 힘든 것은 자기 자신이라는 것을 알기에 그날 나는 아무 말도 하지 않았다.

그 주 주말은 한 달에 한 번 집에 가는 날이었고 집에 가는 나에게 그는 처음으로 한 가지 부탁을 했다.

"집에 가시면 가족들과 함께 꼭 저를 위해 기도해 주십시오."

"알겠습니다. 그 약속 꼭 지키겠습니다."

그리고 일주일 뒤 정말 기적 같은 일이 일어났다. 가망이 없을 것 같았는데, 폐 이식 이야기를 한 지 정확히 일주일 만에 환자는 에크모를 뺄 수 있었고 그 후 3일 만에 인공호흡기를 뗄 수 있었던 것이다. 그리고 그 다음 달인 9월 초에 그는 일반 병동으로 올라갔다.

한번씩 교수님과 그때의 상황을 이야기하곤 한다. 아무리 생각해도 설명이 안 되는 부분이 많다. 의료진으로서 우리는 환자가 젊고 적극적으로 재활에 임했기에 그런 일이 가능했다고 설명할 수밖에 없다. 그러나 그 일주일 사이의 기적에 대해서는 지금도 명쾌히 설명을 할 수가 없는 것이 사실이다.

도대체 무슨 일이 있었던 것일까.

나는 메르스 의사 덕분에 큰 교훈 하나를 얻었다. 그것은 바로 '어떤 경우에도 환자를 포기해서는 안 된다.'라는 것이다. 환자의 의지가 있는 한 언제든지 기적은 일어날 수 있고 의사는 마지막 순간까지도 환자의 의지를 더 북돋아줄 수 있도록 노력해야 한다. 그 당연한 진리를 나는 소중한 경험을 통해 다시 한번 깨달을 수 있었고, 그것은 내가 앞으로 의사로서 살아가는 데 있어 큰 가르침이 될 수 있을 것이라 생각한다.

그가 인공호흡기까지 뺐을 때 나는 그에게 전투기 레고를 선물했다.

그는 외과의사이고 손이 너무나도 중요하기에 미세한 손의 움직임을 연습하는데 레고가 조금이라도 도움이 될 것 같아서였다. 물론 온전한 예전의 모습으로 돌아갈 수 있다는 확신도 있었다.

그리고 그는 보답하듯 3일 만에 전투기를 만들어 나에게 보냈다.

"아 선생님. 부품이 너무 많아서 힘들었어요!"

밝게 웃는 그의 모습에 다시 한번 미안한 마음이 들었다.

월말이 되면 다음 주치의에게 환자를 인계하기 위해 인계 노트를 쓴다. 양은 보통 A4 2장 정도. 그러나 나는 이 환자에 대해 너무나도 할 얘기가 많았기 때문에 8장에 걸쳐 인계 노트를 썼다. 내가 적었던 마지막 노트를 소개하고자 한다.

> 7일 중에 4일 이상을 병원에서 자면서 환자를 위해 헌신했는데, 어느 순간 눈을 떠 보니 침대에 누워 있고 에크모가 달려 있고 내 목소리가 나오지 않는다면 누구라도 감당할 수 없는 고통에 미쳐 버릴 것입니다. 어린애같이 행동하는 것 같지만 사실 어린애인 척하고 다른 사람들을 힘들게 하면서 그 고통을 이겨나가고 있는 단계입니다. 하나님에 대한 믿음, 부인에 대한 의지로 많은 어려움을 이겨 내 가고 있지만, 가족 외에 다른 사람들이 끝까지 할 수 있다는 믿음을 주고 응원해 준다면 좀 더 의지를 가지고 이겨 내 갈 수 있을 것이라 생각합니다. 그 역할을 교수님을 비롯하여 중환자실 가족들이 해 왔고 그런 노력

들이 에크모 위닝이라는 긍정적인 결과를 가져왔습니다. 지금부터는 환자의 치료에 있어서 비의료적인 측면이 더 큰 영향을 끼칠 것이라 생각합니다. 주치의로서 이 환자는 온전한 예전의 모습으로 돌아갈 수 있다고 확신하고 있습니다. 만날 때마다 할 수 있다는 믿음을 주고 응원을 해 주시기 바랍니다.

제 환자 잘 부탁드립니다.

감사합니다.

메르스가 남긴 숙제들

성공의 비결은 좌절하지 않고 극복하는 데 있다.
- 발자크

메르스 사태는 분명 환자들, 의료진들 그리고 국민들에게 깊은 상처를 남겼다. 잘잘못을 따져야 하고 누군가는 비난을 받아야 하는 것이 마땅하다. 그러나 지금 우리에게 중요한 것은 이 실패에 대한 절망과 분노가 아니라 이를 계기로 얼마나 더 성장하고 발전할 수 있는가이며 다시는 이런 사태가 일어나지 않도록 얼마나 예방을 잘 하는가이다.

이 사태를 겪으며 많은 위기와 고통의 순간이 있었지만 삼성병원은 또다시 세계적인 병원으로 발전을 거듭하고 있다. 응급실에는 호흡기 증상이 있는 환자들을 선별할 수 있는 선별 진료소가 생겼으며 음압시설을 갖춘 격리시설도 새로 만들어졌다. 감염 방지 시스템을 재정비하였으며 무엇보다 의료진 개개인이 감염병 예방에 대한 철저한 의식을 가지고 진료를 해 나가고 있다. 많은 사람들에게 상처를 안겼지만, 그래도 다른 병원들에까지 노하우를 전수하며 개선점들을 차근차근 고쳐 나가고 있다.

우리 인생도 마찬가지라고 생각한다. 언제든지 실패는 올 수가 있고 언제든지 좌절을 맛볼 수 있다. 그게 타의였든 자의였든 상관없이 우리는 살아가면서 수많은 실패를 맛보게 될 것이고 의도치 않게 다른 사람들에게 상처를 주는 일도 있을 것이다. 그러나 그런 경험들이 절대 헛되이 지나가지 않도록 실패를 여러 번 곱씹어 분석하고 미래를 위한 교훈을 얻어 지금의 모자란 부분을 채워 나가야 할 것이다. 그리고 무엇보다 방황하고 절망하는 시간을 최소화하고 더 빨리 앞으로 나아가기 위해 행동하는 시간을 앞당겨야 할 것이다.

이제 삼성병원은 감염 질환에 있어서는 대한민국 최고의 시스템을 갖추고 있다고 생각한다. 다시는 이런 일이 발생해서는 안 되겠지만 언젠가 우리나라에 다시 감염질환이 유행하게 된다면 삼성병원은 지금의 노하우를 바탕으로 그 어떤 병원보다 앞장서서 국민들의 안전을 지키기 위해 최선을 다해야 할 것이다. 그런 빚을 국민들에게 지고 있는 것이고 메르스 사태에도 불구하고 여전히 국민들이 삼성병원을 찾는 이유는 그런 믿음이 있기 때문이라고 생각한다.

또 다시 중환자실에서

눈물로 걷는 인생의 길목에서 가장 오래,
가장 멀리까지 배웅해 주시는 사람은 바로 우리의 가족이다.
– 권미경

2016년 2월, 나는 또 암센터 중환자실로 돌아와 암과 사투를 벌이고 있는 환자들을 돌보며 밤을 지새우고 있다. 수많은 수술 방법과 항암제들이 개발됨에 따라 언론에서는 암을 정복할 날이 얼마 남지 않았다는 희망적인 메시지들을 보내고 있지만, 사실 지금도 암으로 고통 받고 있는 사람들이 많이 있다. 신약이 나와서 항암치료를 할 수 있게 되더라도 항암제에 의한 부작용이나 합병증으로 힘들어하는 사람들이 많으며 의사로서 아직도 극복하지 못한 의학적 한계 앞에서 무력감을 느낄 때도 참 많다. 지금 내가 근무하고 있는 암센터 중환자실은 암환자들에게 있어서는 마지막 희망의 의미를 가진 곳이라 할 수 있기 때문에 그런 부담감들이 중환자실 주치의들을 힘들고 지치게 만들 때가 많다. 병원에서 근무할 때만은 절대 집필을 하지 않으리라 마음먹은 이유도 그런 부담감 때문일 테지만 오늘 홀로 중환자실 회진을 돌며 느낀 이

기분을 전하고 싶어 처음이자 마지막으로 병동 컴퓨터에서 글을 쓰고 있다.

여기 중환자실에 계신 환자분들은 거의 대부분 암과 외로이 투병하고 계시는 60~80대 환자분들이다. 나이 때문인지는 모르겠지만 이 환자분들을 볼 때면 나는 자연스럽게 우리 아버지, 어머니 그리고 할아버지, 할머니를 떠올리게 된다.

'나 하나만 믿고 살아오신 분들…….'

어느 순간부터 항상 내가 가족의 중심이었고 내 가족들은 나에게 많은 것을 희생하며 살아왔던 것 같다. 그냥 공부를 잘한다는 이유만으로…….

고통 속에 투병하던 환자들도 하나둘 잠이 드는 적막한 밤이 중환자실을 찾아올 때면 나는 한 번씩 '만약 저기에 누워 계신 분이 우리 부모님이면…….'이라는 말도 안 되는 생각을 해 볼 때가 있다. 그러고 나면 또 어김없이 내 삶에 대한 회의감이 나를 감쌀 때가 있다.

사실 나는 아직 아무것도 이룬 것이 없고 부모님께 제대로 된 효도 한번 해 드린 적이 없다. 전화 한 통 여유롭게 하지 못하는 아들이고 일 년에 한두 번 집에 찾아갈까 말까 할 정도로 무심한 아들이다. 바쁘다는 핑계로 자식 된 도리도 제대로 못하고 있고 늘 '나중에'라는 말로 스스로를 정당화하고 있다. 중환자실의 적막감은 이런 내 모습을 직면하게 해, 부족하고 못난 내 삶의 모습을 후회하게 만들기에 더더욱 심리적으로 힘든 것일지도 모른다.

중환자실에 근무하면서 어쩔 수 없이 듣게 되는 말이 있다. 최선을 다했지만 어쩔 수 없이 환자가 임종을 맞이해야 하는 경우가 있는데, 그럴 때면 어김없이 가슴 아픈 그 말을 듣게 된다.

"아버지(어머니). 이제 다 이루어 가는데 조금만 기다려 주시지……."
"내가 바쁘다는 핑계로 아무것도 해 드리지 못했는데……."

정말 임종 때마다 한 번도 빠짐없이 듣게 되는 말이다. 뿔뿔이 흩어져 있다가 고인의 마지막을 함께하기 위해 자녀분들이 모이고, 항상 뒤늦은 후회들로 괴로워하며 나지막이 내뱉는 말들……. 이제 적응될 때도 되었건만 아직도 이 말들을 들을 때마다 가슴이 시려 온다. 첫 번째는 고인을 살려 내지 못했다는 죄책감 때문이고 두 번째는 지금 이대로라면 나 또한 저런 후회에서 자유롭지 못할 것이라는 불안감 때문에…….
그런 생각이 밀려오는 날에는 가슴 먹먹함에 오랫동안 괴로워하게 된다.

'나 또한 아직 우리 부모님께 아무것도 해 드린 것이 없는데…….'

나는 항상 내일의 꿈을 꾸고 더 나은 미래를 기대하며 살아가고 있지만, 정작 부모님들은 내가 꿈꾸는 그 미래를 기다려 주지 않을 수도 있다는 무서운 생각이 들곤 한다. 그리고 아직 내게 다가오지 않은 미래 못지않게 현재의 삶도 매우 중요하다는 것을 새삼스럽게 깨닫곤 한다. 모든 자식들이 그러하듯 '나중에 돈을 많이 벌어서 부모님 해외여행 보내 드려야지. 꼭 내가 성공해서 부모님께 좋은 집을 사 드려야지.' 하는 생각을 나 또한 늘 마음속에 가지고 있다. 여건이 되면 꼭 실천하리라 내 자신을 위로하기도 한다. 그러나 지금 당장 얼굴 한 번 더 보여 드리면 되고 문자 하나 더 보내 드리면 되는 것을. 나는 그 작은 것 하나도 실천하지 못한 채 하루하루를 보내고 있는 것이다. 얼마나 바쁘다고 가장 기본적인 도리도 못 하는지. 진심으로 후회될 때가 많다.

지난달 초, 나는 부모님을 초청하여 삼성병원에서 시행하는 건강검진을 시행해 드렸다. 아들로서 당연히 해 드려야 하는 것이었지만, 부모님은 내가 예상했던 것보다 훨씬 더 많이 기뻐하셨다.

"우리나라에서 제일 잘나가는 사람들이 받는 건강검진 아니가? 아들 덕분에 이런 것도 받고 너무 고맙다."

우리나라에서 제일 잘나가는 사람들이 받는 건강검진이 아니라 그냥 예약만 하면 받을 수 있는 것임에도 불구하고 나의 게으름과 무관심으로 해 드리지 못했던 것뿐이다. 그런 마음을 아시는지 모르시는지 부모님은 그저 아이처럼 좋아하기만 하셨다. 미안한 마음에 그날만큼은 시간을 내어 부모님 곁에 동행하여 모든 검사를 진행하였고 끝나고 나서는 비록 병원 식당이었지만 오랜만에 부모님과 식사도 같이 했다.

"그런데 이 검사가 너무 정확해서 암이라도 나오면 우짜노?"

식사 도중 어머니가 던지신 갑작스런 한마디에 일순간 정적이 흐를 만큼 다들 당황스러워 했지만 나는 아무 일 없을 것이라며 안심시켜 드리고 웃으며 넘어갔다. 그러나 사실 그 이후부터는 오히려 내가 더 걱정되어 잠을 이룰 수가 없었다.

'진짜 암이 나오면 어떡하지…….'

건강검진 결과가 나오던 날, 나는 부모님을 대신하여 직접 결과를 확인하러 갔다. 결과를 듣기 전까지 얼마나 떨리던지. 그 짧은 순간에도 수많은 생각들이 오가곤 했다.

"아버지, 어머니 전부 아무 이상이 없네요. 두 분 다 약간 콜레스테롤이 높은 편인데, 식이, 운동 관리만 잘하면 될 것 같습니다."

우리 병원이었기에 사실 검사 결과는 미리 다 확인했었지만 교수님께서 최종적으로 아무 문제없다고 말씀해 주실 때 얼마나 기쁘고 감사했는지 모른다. 감사하고 감사하다는 말이 저절로 입에서 맴돌았다.

내가 나이 들어 가고 있는 만큼 부모님도 나이 들어 가고 있다는 사실을 잊은 채로 우리는 살아가고 있다. 고향에 가면 부모님은 언제나 예전 모습 그대로 우리를 반겨 주실 것만 같다. 그러나 부모님과 함께할 수 있는 시간은 생각보다 짧을 수 있다. 아무도 반겨 주지 않는 텅 빈 고향 집을 방문해야 하는 날이 생각했던 것보다 빨리 올 수도 있다. 늘 건강한 모습이 아니라 중환자실에 누워 계시는 모습이 우리 부모님의 모습일 수도 있는 것이다.

지금 나는 중환자실에 누워 있는 환자들을 보면서 여기 계신 분들을 내 부모님이라 생각하고 더 최선을 다해 진료를 해야겠다고 다짐해 본다. 그리고 바쁘다는 핑계로 자식 된 도리를 다하지 못하는 내 자신을 다시 한번 반성해 본다. 찾아뵙지는 못하더라도 웃으면서 전화하고 자주 안부를 묻는 가장 기본적인 것부터 실천하자고 새삼스레 다짐해 본다.

'항상 지금처럼 건강한 모습으로 제 곁에 영원히 함께해 주시기를…….'

이루어질 수 없는 기도인 것은 알고 있지만, 그래도 다시 한번 진심을 다해 기도해 본다.

2015년을 돌아보며

자신에게 그 같은 힘이 있을까 주저 말고 앞으로 나아가라.
– 괴테

올 한 해는 말 그대로 정말 다사다난했다. 중환자실, 응급실, 혈액종양병동을 전전하며 정신없는 한 해를 보냈고 무엇보다 메르스 사태라는 잊을 수 없는 경험도 했었다. 그리고 바쁜 와중에도 나의 삶에 대한 기록을 남겼으며, 그 기록들을 모아 이렇게 출판도 할 수 있게 되었다. 시간은 정신없이 지나갔지만 조금씩 내가 이루고 싶었던 것들을 차근차근 성취할 수 있었던 한 해이기도 했다. 일 년이 지나고 다시 되돌아보니 '시간이 없어서 못 한다는 말은 핑계다.'라는 말이 맞는 것 같기도 하다. 자신의 의지와 열정이 있으면 그 어떤 것도 뛰어넘을 수 있으며, 시간마저도 방해물이 될 수 없다는 확신이 생긴 한 해였다.

어떤 일이든 항상 후회는 있기 마련이다. 나 또한 올해를 되돌아보면 분명 후회되는 일도 많았다. 다시 그때로 돌아갈 수 있다면 하는 순간도 많았다. 그러나 자랑스러웠던 일, 부끄러웠던 일, 지우고 싶은 일들 모두가 나라는 사람이 이 세상에 존재하기에 겪을 수 있는 아름다운 경험들이며 그 어느 것 하나 소중하지 않은 것이 없기에 그 모든 순간을 꼭꼭 담아 간직하려 한다. 부끄러운 모습들까지도 젊은 시절의 소중한 나의 모습이며, 언젠가 그 순간마저도 진심으로 그리워하게 될 날이 반드시 올 것이기 때문이다.

2015년 삼성병원 종무식에서 나는 레지던트 대표로 상을 받았다.

상 이름은 '우사인 볼트 상.'

원장님이 직접 시상을 하셨고, 신속하게 환자 진료에 임했기에 그 공로를 치하하고자 상을 마련했다는 설명을 덧붙이셨다. 그러나 나는 상 이름 때문에 어디 가서 상을 받았다고 자랑조차도 못 하고 있다.

우사인 볼트 상이라니.

그래도 2015년을 웃으면서 마무리할 수 있는 또 하나의 좋은 추억이 되지 않았나 싶다.

'그래. 올 한 해도 열심히 살았구나.'

2016년 병신년에는 우리 청춘들 그리고 대한민국 국민들 모두가 바라는 것들 다 성취하시고 근심, 걱정 없이 행복하고 건강한 한 해가 되었으면 좋겠다.

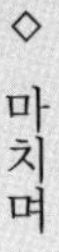

마치며

: 힘들어하는 청춘들에게

원하지 않으면 어떤 일도 성취되지 않습니다.
희망은 성공으로 이끄는 신앙입니다.
- 헬렌 켈러

얼마 전 나는 서울대의 한 후배가 '수저 색깔이 생존을 결정한다.'라는 유서를 남긴 채 결국 자살을 선택하고 말았다는 안타까운 소식을 듣게 되었다. 그 소식을 듣는 순간 참담함을 금할 수가 없었다.

무엇이 그토록 청춘들을 힘들게 한단 말인가? 수저의 색깔이라는 것은 도대체 무엇이란 말인가?

어느 순간부터 물질적인 풍요가 성공의 기준, 삶의 목표가 되어 가고 있다. 돈 때문에 자신의 소중한 가치를 아무렇지 않게 희생하고 돈 때문에 다른 사람의 생명까지 위협하기도 한다. 개천에서 용이 나기 힘든 세상이 된 것도 있지만 스스로 개천 출신이라는 것을 부끄러워하는 세상이 되었다는 것이 더 안타깝게 느껴진다. 성공 신화에서 빠지지 않고 등장하던 것이 어린 시절이나 무명 시절의 힘들었던 경험들이었는데, 지금은 '트라우마'라는 관점으로 해석하여 그 경험들을 부정적인 것으로 치부하고 오히려 숨기려 한다. 삶을 더욱 풍요롭게 만들어 주었고, 자신을 한층 더 성장시켜 주었던 소중한 경험들을 오히려 우리 스스로가 부끄러워하며 부정하고 있는 것이다.

나는 이 책에 내 삶의 자랑스러웠던 순간뿐 아니라 힘들고 부끄러웠던 순간들까지 내 짧은 인생의 경험들을 최대한 솔직히 담아 보려고 노력했다. 남들이 보기에는 내가 바로 흙수저이고 내 경험들은 트라우마일지 모르겠지만, 내 스스로에게는 그 어떤 것과도 바꿀 수 없는 소중한 자산들이다. 그러한 경험들이 있었기에 내 삶은 항상 즐거웠고 그 속에서 조금씩 내 스스로가 성장할 수 있었다. 언제라도 미소 지을 수 있는 아름다운 추억들 그리고 소중한 사람들이 늘 나와 함께했으며 나는 가슴 뛰는 삶을 살 수 있었다. 흙수저라서 부끄러운 것이 아니라 흙수저이기 때문에 더 많은 경험들을 할 수 있었고 더 많은 사람들을 이해할 수 있었으며 오히려 거침없이 도전할 수 있었다고 생각한다. 제발 이 책이 흙수저에 대한 부정적 인식을 세상에서 지워 버리는 데 조금이라도 기여할 수 있었으면 하는 바람을 해 본다.

또 한 가지. 우리가 경험할 수 있는 것들은 한정되어 있다. 직접 경험에는 한계가 있고 오히려 책이나 강연회 등 간접 경험을 통해 배우는 것들이 더 많을 수 있다고 생각한다. 나는 다행히 한국 사관학교, 일본 사관학교, 서울 의대, 삼성병원 등 남들이 쉽게 할 수 없는 다양한 경험들을 할 수 있었고 그 속에서 내가 얻은 삶의 배움들 또한 이 책을 통해 많은 사람들과 나누고 싶다. 부디 내가 했던 실수를 반복하지 않기를 바라는 마음 그리고 내가 얻은 노하우를 조금이라도 공유하여 도움이 되고자 하는 마음에서 나는 이 책에 혼신의 힘을 기울였다.

그리고 마지막으로 이 책의 서두에 기술했듯 지금 우리 젊은 청춘들에게 진정으로 필요한 것은 막연한 희망 속에서 같은 고민을 하며 함께 고군분투하고 있는 '내 또래 친구들의 따뜻한 위로'가 아닐까 하는 생각을 한다. '힘들어도 꾹 참고 노력해라.'가 아니라 '힘들지만 같이 노력해 보자.'라는 동료의 진심 어린 한마디가 더 힘이 되고 절실한 때인 것이다. 나만 힘든 것이 아니라 우리 모두가 힘들어하고 있다는 것을 공감하는 것만으로도 모두에게 힘과 위로가 될 수 있으리라 생각한다. 그리고 힘든 상황 속에서도 꿋꿋하게 자신의 삶을 살아가고 있는 친구들의 모습이 스스로를 자극하고 발전시킬 수 있는 좋은 촉매제가 되어 줄 수 있으리라 생각한다.

청춘이라는 이름으로 이 세상을 살아간다는 것, 흙수저로서 홀로 경쟁을 해야 한다는 것. 힘들고 외로운 일임은 누구보다 잘 알고 있다. 가만히 있어도 눈물이 날 만큼 서러운 것도 알고 있다.

비록 미천한 내 경험이지만, 힘들어하는 청춘들에게 조금이라도 힘과 위안이 되었으면 하는 마지막 바람으로 이 책을 바치고자 한다.

"우리 힘들지만, 힘내 봅시다!"

삼성병원 암센터 내과 중환자실에서

김계현 올림

가슴 뛰는 삶

개정판 1쇄 발행 2020년 7월 23일

지은이 김계현
펴낸이 이기봉
편집 좋은땅 편집팀
펴낸곳 도서출판 좋은땅
주소 서울 마포구 성지길 25 보광빌딩 2층
전화 02)374-8616~7
팩스 02)374-8614
이메일 gworldbook@naver.com
홈페이지 www.g-world.co.kr

ISBN 979-11-6536-618-6 (03810)

이 도서의 국립중앙도서관 출판예정도서목록(CIP)은 서지정보유통지원시스템 홈페이지(http://seoji.nl.go.kr)와 국가자료공동목록시스템(http://www.nl.go.kr/kolisnet)에서 이용하실 수 있습니다. (CIP제어번호 : CIP2020028808)